# 2020

# Das Aufwach-Jahr

## Wir treffen uns im Paradies!

Original Ausgabe Mai 2020



Titelfoto Wüste bei Merzouga, Marokko
Portrait Foto Hanna Witte Photography (Köln)

Informationen über Birgit Sabrina Schachner unter:
www.coaching-pyramide.de

Inhalt / Kapitelübersicht

# Vorwort

Eine Kirche habe ich das erste Mal als Teenager von innen gesehen - anlässlich einer Beerdigung. Vom Religionsunterricht in der Schule ließ ich mich befreien. Es gibt keine christliche Prägung in diesem Leben. Deshalb ist wohlmöglich mein Begriff des Aufwachens und des Paradieses weniger stark besetzt, weniger abgenutzt in meinem Weltbild. Meine Vorstellung davon ist sehr frei, mancher würde sagen naiv.

Es würde mich nicht wundern, wenn zeitgleich zu diesem Buch noch andere mit ähnlichem Thema geschrieben werden. Wir sind alle durch unsere Gedanken verbunden und wir erschaffen Gedankenfelder, die dann zu Wirklichkeit werden. Das Besondere an diesem Buch ist sicherlich, dass ich meine außergewöhnlich bunte Lebensgeschichte mit einfließen lasse.

Ich wollte immer von anderen, die mehr wussten als ich, lernen. Ich war auf der Suche nach Weisen, Eingeweihten und Erwachten. Manche fand ich sogar in meiner Generation. Auch Jüngere inspirieren mich. Dennoch wird mir mit nun fast fünfzig klar, dass ich selbst diesen Job übernehmen kann oder sogar muss. Lange genug habe ich mich versteckt, habe mich klein gedacht und klein halten lassen.

Dieses Buch wird wohlmöglich keinen Literatur-Preis gewinnen, weil ich es nicht nach allgemein gültigen Kriterien verfasst habe. Ich empfinde eine Art Sendungsbewusstsein - was eigentlich untypisch für mich ist. Ich möchte meine Botschaft an eine Gruppe von Menschen bringen, die offen für sie sind - auch wenn diese Gruppe zunächst noch so klein sein möge. Ich hatte keine Lust, den Text ein dutzend mal umzuschreiben oder lektorieren zu lassen, bis irgendetwas dabei herausgekommen wäre, das nicht mehr meines ist.

Mögest du Freude, Hoffnung und Inspiration darin finden!

Mein innigster Wunsch besteht darin, aufgewachte Menschen zu finden, so dass ein Kreis von Gleichgesinnten entsteht. Viele von uns sind nicht an Macht interessiert, meiden Politik, Führungsverantwortung oder Öffentlichkeit. Das kann ich zwar nachfühlen, aber dies sollte nun transformiert werden: die Schöpfer des Paradieses mögen sich nun zusammenschließen zu einem Bündnis.
Lass mich wissen, ob du dabei bist!

# 1.
# Ein neues Leben beginnt

An einem Donnerstag im Frühling 2019 dachte ich erstmalig über mein Leben nach. Das hatte ich sicherlich schon vorher mal getan. Jedoch war ich bisher immer zu dem Schluss gekommen, dass es doch ganz selbstverständlich sei. Plötzlich kam ich mir vor wie das häßliche Entlein. Es merkt erst, dass es ein Schwan ist, in dem Moment wo Schwäne vorbei fliegen und es sein Spiegelbild im See sieht.
Ich hatte einfach nicht gewusst, wer ich war!
Mir begegneten immer mehr Schwäne, die mich daran erinnerten, dass ich kein Entlein war.

Endlich hatte ich das Spiel des Lebens verstanden! Das Rad der Wiedergeburt.
Als Schöpferseele, die sehr alt ist, habe ich unzählige Leben gelebt und Lektionen gelernt. Trotzdem befand ich mich bis zu meinem vierzigsten Lebensjahr in einem Schlummerschlaf. Aus diesem bin ich zwar hin und wieder in lichten Momenten aufgewacht, doch hat sich der Nebel des Vergessens immer wieder verdichtet. Meine ersten vierzig Lebensjahre waren ein modernes Drama, dass sich Shakespeare nicht besser hätte ausdenken können.
Das große Spiel verstehe ich so: Wir planen vor unserer Inkarnation in Zusammenarbeit mit unseren seelischen Verwandten unser Leben. Dann sucht sich unsere Seele ein passendes Setting. Das besteht aus Familie, Kulturkreis und körperlicher Verfassung. Da wir bestimmte Lektionen lernen wollen, erschaffen wir uns auf unglaublich kreative Weise Dramen, die sich kein Gott im Einzelnen ausdenken könnte.

Manch einer, der hier erwähnt wird, wird sich wundern darüber, dass ich so viele Details weiß. Dieser sei gewiss, dass alles sich tatsächlich so zugetragen hat. Ich habe das Gedächtnis eines Wales, der ein Jahr später noch weiß, an welcher Stelle er zuvor seinen Gesang beendet hatte und dann sein Lied weiter singt, sobald er wieder das gleiche Gewässer erreicht. So habe ich auch alles, was man mir erzählte, genauso wie alles Erlebte abgespeichert, und bringe es nun in einen Zusammenhang. Dies ist meine Wirklichkeit, aus meiner Wahrnehmung heraus.

Das Drama, von dem ich spreche, war von Kampf bestimmt. Mein Vater sagte manchmal als Jugendliche zu mir, dass ich eine Terroristin werden würde, so vehement wie ich gegen alles kämpfte. Sein eigenes Leben war auch nicht gerade ein Picknick. Er hatte seinen leiblichen Vater nicht gekannt, denn er entstand aus einer Liebschaft seiner Mutter mit einem Musiker im letzten Jahr des zweiten Weltkrieges. Dieser musste wohl mit seiner Kapelle weiter ziehen und wusste nichts von seinem Sohn, den er um die Weihnachtszeit des Jahres 1944 gezeugt haben musste. Die Mutter hat bald darauf einen anderen geheiratet und mit jenem zwei weitere Söhne bekommen. Erst mit vierzehn erfuhr mein Vater, dass der Mann, den er verehrte und für seinen leiblichen Vater hielt, es nicht war. Selbstverständlich wurde dieses Thema tabuisiert und auf Nachfragen brach die Mutter so heftig in Tränen aus, dass mein Vater nicht weiter nachgefragt hatte. Im Herzen spürte er, dass dieser Mann ihn anders behandelte als seine eigenen Söhne.
Immerhin war mein Vater der Lieblingsenkel seiner Oma und wurde von ihr dementsprechend finanziell unterstützt. Von dieser Oma erfuhr meine Mutter später die ganze Geschichte, so dass ich sie auch kenne. Im Alter von fünf Jahren überlebte mein Vater einen Schädelbasisbruch nach einem Unfall. Das befreite ihn später auch von der Pflicht, beim Bund einen Helm tragen zu müssen, weil er davon Kopfschmerzen bekam. Merkwürdigerweise kann ich auch keine Kopfbedeckungen tragen, ohne Kopfschmerzen davon zu bekommen.

Meine Eltern lernten sich 1968 in einem Tanzlokal mit Livemusik kennen. Mein Vater war als Soldat in Ahlen/Westfalen stationiert und meine Mutter lebte noch zuhause. Zu dem Zeitpunkt war er bereits ein Jahr geschieden. Er war ein sehr gut aussehender Blondschopf mit markanten Gesichtszügen. Hochgewachsen, schlank und edel gekleidet fiel er sicherlich so mancher Frau auf. Man nannte ihn wegen seiner schwarzen Kleidung stets den „Black Pommes“. Als er Gisela zum ersten Mal in dem Lokal zwischen all den Menschen sah, sagte er zu einem Freund „Schau dir bitte diese Frau dort an. Ich glaube ich werde nochmals heiraten.“

Woraufhin ihm der andere entgegnete „Das Schneewittchen!! Das kannst du dir aus dem Kopf schlagen. Die lässt niemanden an sich heran.“ Wie wir aus dem Märchen wissen, hatte das Schneewittchen schwarzes Haar wie Ebenholz und weiße Haut wie Schnee. Ihr Körperbau war zudem sehr zierlich. Sie wirkte unnahbar. Mein Vater muss wohl wochenlang um ihre Gunst geworben haben. Irgendwann durfte er sie auch nach Hause bringen mit seinem Jaguar Mak II, was sie wahrscheinlich nicht wirklich beeindruckte. Sie ließ sich nicht etwa direkt vor der Haustür absetzen, sondern nach jedem Mal ein Stück weiter in die Nähe des Heimes, bis die beiden irgendwann wirklich vor der Haustür standen.
Als Mann von Welt hatte mein Vater sich natürlich für die folgenden Zusammenkünfte mit ihr eine möblierte Wohnung vor Ort gemietet.
Ein paar Monate später zog meine Mutter in ein möbliertes Zimmer in der Nähe der Kö in Düsseldorf. Mein Vater folgt ihr und da er zunächst keine eigene Bleibe fand, schlich er sich abends am Schlafzimmer ihrer Vermieterin vorbei, in ihr Zimmer. Zu damaliger Zeit durften Menschen unter einundzwanzig noch nicht ohne Einwilligung der Eltern zusammenziehen. Die Vermieterin muss wohl ein Hausdrachen gewesen sein. Sie erdreistete sich, eines Abends in das Zimmer zu stürmen, um meinen Vater auf frischer Tat zu ertappen. Zum Glück war er nicht da. Trotzdem forderte sie meine Mutter auf, sich nun eine andere Bleibe zu suchen, da „das hier schließlich keine La Bohème Bude sei“.

Laut Angabe meines Vaters, der sich selbst immer wieder als mein Erzeuger bezeichnet hat, wurde ich am Unterbacher See gezeugt.
Dass ich es jedoch bis zu diesem Tag meines Lebens geschafft habe, ist bei weitem nicht selbstverständlich. Die Ärzte stuften mich im Bauch meiner Mutter als Risikoschwangerschaft ein und erklärten meinen Eltern: „Wenn Sie dreimal die Treppe hinauf und hinunter laufen und zehn Kniebeugen machen, ist der Fall erledigt.“ Meine Eltern schauten sich bei jenen Worten tief in die Augen und waren sich ohne Worte einig, dass sie das unter keinen Umständen tun würden.

Ich verdanke mein Leben also nicht nur meinen Eltern, weil sie mich zeugten, sondern auch, weil sie mein Leben gegen die grausame Arroganz der Ärzte verteidigten. Ich möchte aber auch nicht verschweigen, dass meine Mutter sich einen Jungen gewünscht hatte und etwas enttäuscht war, dass ich als Mädchen zur Welt kam. Natürlich war das vergessen, als sie mich dann sah.

Der Tag meiner Geburt gehört zu den Lieblingsgeschichten meines Vaters. Am Heiligen Abend im Jahr 1970 bekam meine Mutter Wehen und mein Vater wollte sie ins Krankenhaus bringen. Es lag hoher Schnee und das Auto sprang nicht an. Ein türkischer Gastarbeiter – so bezeichnete man sie damals – kam vorbei und fragte, ob er helfen könne. Mein Vater rief: „Meine Frau Krankenhaus – Baby kommt!“ Augenblicklich ließ der wohl von der Arbeit kommende Mann sein Fahrrad zur Seite fallen, um zu helfen. Er musste es ja schieben wegen des Schnees. Er schob mit an, und das Auto sprang an, so dass sie zur Entbindung fahren konnten. Dieses Erlebnis besiegelte ein Band zwischen unserer Familie und allen Türken dieser Welt, gegen die nie wieder jemand in unserer Gegenwart etwas Schlechtes sagen durfte. Bis heute hat mein Vater Türken als beste Freunde.
Jedes Jahr zu meinem Geburtstag erzählte mein Vater diese Geschichte allen Anwesenden, ob sie es hören wollen oder nicht. Diejenigen, die garantiert immer vor Rührung weinten, waren er und ich. Dafür allein lohnte es sich schon, sich die Geschichte unzählige Male anzuhören. Einmal wurde dann auch noch die wichtige Ergänzung hinzugefügt, dass auf dem Weg ins Krankenhaus im Rheinufertunnel Richtung Düsseldorfer City von meinen Eltern entschieden wurde, dass mein Name Birgit sein soll, wenn ich blond sein würde oder Sabrina, wenn ich brünett sein würde. Birgit war die Idee meines Vaters während Sabrina ein Freund meiner Eltern beigesteuert hatte. Letztendlich hatte ich wohl nach der Geburt zu wenig Haare für die Entscheidung, so dass beide Namen im Rennen blieben.

Die Stadt tat meiner Mutter nicht gut. Sie hatte ständig Kopfschmerzen, was kein Arzt und kein Medikament lindern konnte.

Heute denke ich, dass sie wie auch ich hochsensibel ist und permanent überstimuliert war.
Da meine Eltern den Düsseldorfer Karneval und überhaupt den ganzen Trubel der Großstadt nicht mehr ertragen wollten und meine Oma in Oldenburg lebte, zogen sie schon ein paar Monate später dorthin. Tatsächlich teile ich die Aversion gegen Karneval mit meinen Eltern, was ich erst festgestellt habe, nachdem ich viele Jahre später nach Köln gezogen bin.

Bald nach meiner Geburt stellte man fest, dass ich ein sogenanntes „Speikind" war. Das bedeutete, dass ich Nahrung nicht in mir behalten wollte. Ich drohte also zu verhungern. Da meine Mutter angeblich Knoten in den Brüsten hatte, mussten diese abgebunden werden, so dass ich nicht gestillt werden konnte. Ich bekam also Tropfen, die meinen Magen beruhigen sollten.  Dabei wollte ich doch nur von der Brust meiner Mama Milch trinken!
Mein Vater fütterte mich auch ab und zu. Seine Strategie bestand darin, seinen Mund aufzumachen, damit ich meinen auch aufmachte und Brei hinein ließ. Einmal spie ich nach getaner Prozedur den ganzen Spinat in hohem Bogen gegen die Wand mit der schönen Blümchentapete, die in den siebziger Jahren so modern war. Ich war halt früh schon künstlerisch kreativ und und hatte wohl genug von dem alten Muster auf der Tapete.
Die anfängliche Appetitlosigkeit sollte sich irgendwann legen. Schon bald hatte ich einen immer größer werdenden Hunger – vor allem aufs Leben.

# 2.
# Die Kraft der Ahnen

Da meine Eltern zum Zeitpunkt meiner Geburt noch nicht verheiratet waren, hieß ich zuerst Hoffmann mit Nachnamen – der Name meiner Mutter. Den hatte sie von Ihrem Vater, dem zweiten Mann ihrer Mutter, den ich nur einmal in meinem Leben mit Ende zwanzig zu Gesicht bekommen sollte. Das war jedoch ein bemerkenswertes Ereignis, denn ich habe ihn sofort gemocht und sogar eine gewisse Genialität wahrgenommen. Diese Begegnung zeigte mir nachhaltig, dass man die Vorurteile über einen Menschen, die einem von anderen eingeimpft werden, mit Vorsicht genießen sollte. Dieser Paul Hoffmann galt als das schwarzes Schaf der Familie. Jeder sprach schlecht von ihm. Jeder außer meinem Vater, der ihn mit anderen Augen sah. Am schlimmsten beklagte sich natürlich seine Ehefrau, meine Oma, die sich später von ihm scheiden ließ, nachdem die Kinder aus dem Haus waren.

Johanna Hoffmann war eine einfache Frau mit ausgeprägten weiblichen Rundungen oben herum. Genauso wie meine andere Oma Maria, die Mutter meines Vaters.

Oma Johanna hatte im Krieg insgesamt neun Familienmitglieder teils zu Fuß teils per Zug aus Breslau auf der Flucht nach Westdeutschland gerettet. Sie war Trafikantin und ging schon als junges Mädchen mit Bauchladen durchs Kino. Sowohl ihrem Mut als auch ihrer praktischen Intelligenz hatten die anderen Familienmitglieder wohl ihr Leben zu verdanken. Sie war es, die aus ihrem Zigarettengeschäft so viele Rauchwaren wie sie tragen konnte mitgeschleppt hatte, um sie auf der Flucht an Russen sowie Polen zu verkaufen. Eine Schwester der Oma überlebte die Reise nicht, da sie an Typhus erkrankt war. Meine Oma habe ich immer sehr geliebt. Von ihr habe ich nicht nur den Körperbau, sondern auch das Pragmatische und die Liebe zum Kochen. Sie starb mit neunundachtzig, als ich dreiunddreißig war.

Als ich Mitte vierzig war, reisten wir mit ein paar Familienmitgliedern nach Breslau. Meine Tante war die Einzige von uns, die damals auf der Flucht im Krieg schon lebte, und uns durch die Stadt geführt hat. Sie zeigte uns wo sie damals wohnten, ihre alte Schule und auch die Jahrhunderthalle, in der es ausgerechnet an unserem Besuchstag eine Katzenausstellung gab. Nie im Leben wäre ich freiwillig auf die

Idee gekommen eine Katzenausstellung zu besuchen. Aber wenn man nun mal schon da ist, nicht wahr?
Ihren ersten Mann, der als Geiger im Orchester spielte, hatte meine Oma sehr geliebt, und hat es nie verwunden, dass er nicht mehr aus der Kriegsgefangenschaft zurückkehrte. Als ich Kind war, zeigte sie mir eine Schallplatte, auf der die Musik zu hören war, die ihr erster Mann gespielt hatte. Die Schallplatte hieß „Dichter und Bauer“ des Komponisten Franz von Suppé.

In Westdeutschland angekommen hatte meine Oma Glück, dass sich mein Opa Paul Hoffmann, ein großer dunkler Typ, als wesentlich jüngerer Mann in sie verliebte. Eine Frau mit zwei Kindern zu heiraten, war zu damaliger Zeit mehr als ungewöhnlich. Nachdem sie zwei weitere Kinder gezeugt hatten, eines davon meine Mutter, vergnügte er sich wohl lieber mit seinen Büchern und später dann auch im Wirtshaus. Meine Mutter sagte immer, sie kenne ihren Vater nur lesend. Die Eltern hätten nicht miteinander gesprochen, so dass es nie ein lautes Wort gab. Wie sehr sehnte sie sich nach einem Streit. Dass es so etwas gab, entdeckte sie erst beim Besuch im Haus von Freunden. Man soll ja immer aufpassen was man sich wünscht, denn später heiratete sie einen Choleriker, meinen Vater.

Erst nach Paul Hoffmanns Tod lernte meine Mutter Ihre Halbgeschwister kennen und durfte erfahren, dass er der liebevollste Vater war, den sie sich vorstellen konnten. Wie erstaunlich ist es doch, dass ein Mensch sich in einer anderen Lebensphase in einem anderen Familiensystem ganz anders verhält als zuvor.
Die zweite Frau dieses Opas war psychisch krank, was ihn in die Lage versetzte, sich um die Kinder kümmern zu müssen. Trotz dieser Aufgabe studierte er weiterhin seine Lieblingsphilosophen Nietzsche und Schopenhauer sowie Quantenphysik. An jenem denkwürdigen Tag, als ich meinen Opa kennenlernte und meine Mutter ihren Vater, den sie seit ihrem Auszug aus dem Elternhaus mit 19, nicht mehr gesehen hatte, erzählte sie mir, dass sie geschockt darüber sei, dass er nun ein anderer Mensch sei und so alt aussehe.

Während ich dankbar darüber war, endlich wenigstens einen leiblichen Opa kennenzulernen, hielt sie an ihrem Konzept vom Altern fest. Die wunderbare Wirklichkeit, die innere Schönheit dieses Mannes offenbarte sich vor unseren eigenen Augen in jenem Moment. Warum nur konnte sie das nicht wahrnehmen?
Dieses Konzept des Alterns als Verfall ist weit verbreitet. Es besteht darin, dass man denkt, man sei sein Körper. Wenn wir aufwachen aus diesen Traum, dann merken wir, dass dem nicht so ist. Die innere Weite und Weisheit in einem Menschen existiert unabhängig von seinem Körper. Sie existiert in einem Kind genauso wie in einem Greis. Lediglich können wir die Zeit im Körper dazu verwenden, körperliche Erfahrungen zu machen. Noch spannender wird es allerdings, wenn wir unseren Geist und unsere Seele immer mehr kennenlernen. Sozusagen den Nebel des Vergessens lüften. Unsere Seele befindet sich auf einer Reise durch die Erfahrungen. Manchmal mit Körper und manchmal ohne Körper.
Meine Mutter glaubte daran, dass sobald ihre körperliche Hülle gestorben sein würde, sie auch nicht mehr existieren würde. Deshalb gab es für sie nur die Wirklichkeit, die sie mit eigenen Augen sehen konnte. Das war im Fall meines Opas ein gealterter Mann. Wobei ich sicherlich nachvollziehen kann, dass wenn man einen nahestehenden Menschen nach langer Zeit wiedersieht, es einem natürlich auch deutlich vor Augen geführt wird, wie sehr man selbst gealtert ist. Wenn man einer Selbsttäuschung begegnet, kann der Schock sehr groß sein. Es bedeutet jedoch nicht automatisch, dass man daraus lernt. Viele bleiben im Schock so gelähmt, dass sie noch tiefer in ihren Schlaf sinken.
Ich hingegen spürte eine Verbindung im Geiste zu Paul Hoffmann. Ich nahm uns als gleichgesinnte Freigeister war. Das mag auch das sein, was mich mit meinem Vater verbindet und ihn mit Paul Hoffmann. In mir verankerte sich der Wille, mich von nun an noch konsequenter nicht mehr von Kleingeistigkeit beschränken zu lassen. Mein erstes Buch von Veit Lindau mit dem schmackhaften Titel „Seelengevögelt“ hat mich an diese wichtige Erkenntnis erinnert, die ich schon als Jugendliche gelebt habe und damit oftmals angeeckt war. Darin hat er sich seitenlang über eine Krankheit ausgelassen,

die viele Menschen befällt und unheilbar um sich greift. Nachdem ich beim Lesen schon ganz heiß auf die Auflösung war und gleichzeitig die ganze Zeit ahnte, dass es darauf hinauslaufen würde, kam dann endlich die Erlösung: die Mittelmäßigkeit.

Nun wird mir klar, dass meine Seele sich für dieses Leben Eltern ausgesucht hat, die der Mittelmäßigkeit um jeden Preis entkommen wollten. Ihre Herkunftsfamilien waren zum größten Teil dermaßen bieder, dass aus den beiden wohl nur Querköpfe werden mussten. Andersdenkende wurden in den Familien ausgestoßen. Sie erlebten also auch Dramen, an denen sie wachsen konnten.
Als ich vierzehn war, haben die Eltern meines Vaters ihren Sohn enterbt. Er verhielt sich nicht konform ihres Verhaltenskodexes. Er tat Dinge, die sie nicht verstanden, die nicht ihrem Weltbild entsprachen, und das war dann eben die Rache dafür. Diese Großeltern überschütteten uns vorher mit materiellen Geschenken. Dennoch war ich nicht gern bei der Familie meines Vaters. Dafür gab es allerlei Gründe. Jeder rauchte dort und man befand sich in einem permanenten Nebel aus Qualm und Gestank. Sie waren grob in ihren Verhalten. Sie nannten die Kinder „Blagen", was mich an das Wort Plage erinnerte. Wenn ich an das Haus und diese Menschen denke, krampft sich mein Bauch zusammen. Meine kindliche Intuition wusste, dass dies keine guten Menschen waren. Jedenfalls nicht für mich und offensichtlich nicht für meinen Vater.
Meine Eltern heirateten im Mai nach meiner Geburt, nachdem meine zwanzigjährige Mutter, die laut damaliger Gesetzgebung noch minderjährig war, die Erlaubnis ihrer Eltern eingeholt hatte. Mein Vater, zwar nur fünf Jahre älter als sie, war bereits geschieden und hatte zwei Töchter aus jener Ehe. Er hatte schon mehr von der Welt gesehen und meine Mutter war froh, dass er ihr die weite Welt zeigte und sie ihrem zerrütteten Elternhaus entfliehen konnte. Zu jenem Zeitpunkt hatte die Ehe meiner Großeltern nur noch darauf gewartet, dass die Kinder aus dem Haus waren, um geschieden zu werden.
Aus der ersten Ehe meines Vaters, die nicht von Dauer war, gingen zwei Töchter hervor, eine davon noch nicht einmal geboren, als mein Vater die Schwangere verließ. Es hieß, die Dame sei von adliger

Herkunft gewesen, und nicht in der Lage, sich um den Haushalt zu kümmern. Woher soll man das auch können, wenn man früher Hausangestellte dafür hatte? Keiner hatte wohl ein gutes Haar am anderen gelassen, mitsamt der jeweiligen Sippschaft. So kam es, dass meine Halbschwestern ihren Vater niemals kennenlernten und mich somit auch nicht. Später habe ich dank sozialer Netzwerke eine Halbschwester ausfindig gemacht und ihr geschrieben. Es war wohl die Wütendere von beiden, die ihrer Schwester immer ausgeredet hatte, den Vater zu kontaktieren. Sie ignorierte mein Ansinnen.
Als ich noch kein Jahr alt war, wurde meine Mama wieder schwanger, und mein Bruder Marc kam in Oldenburg zur Welt. Da hatte sie nun endlich ihren Jungen. Meinen kleinen Bruder hatte ich von Anfang an immer beschützt. Ihm verzieh ich alles und er durfte sich bei mir auch vieles leisten. Wir gingen durch dick und dünn, obwohl wir sehr unterschiedlich waren. Im Kindergarten wurde gesagt, wir seien wie Tag und Nacht.
Die Aufgabe als Beschützerin meines Bruders behielt ich einige Zeit bei. Als Kind beschützte ich ihn vor anderen größeren Kindern, als Jugendliche vor bösen Geistern und als Erwachsene so manches Mal vor ihm selbst. Als ich nach Würzburg gezogen war, zog er einige Zeit danach auch dorthin. Sein Lebens-Drama war von skurriler Natur. Ich habe damals nicht verstanden, dass er mich gebraucht hätte. Ich war zu sehr mit mir beschäftigt. So bekam er die Chance, seine Erfahrungen ohne meine Hilfe zu machen.

Als kleine Kinder unternahmen wir die unmöglichsten Streiche als Strafe dafür, dass die Eltern uns allein zu Hause gelassen haben. Die Grenze der Belastbarkeit wurde gewiss nachhaltig überschritten, nachdem wir die ganze Wohnung mit Waschpulver und Klopapier ausgelegt hatten und für ein perfektes Schaumbad dann den Wasserhahn öffneten. Meine künstlerischen Fähigkeiten wollte ich ein anderes Mal mit grünem Wachsmalstift auf der gelben Wohnzimmertapete unter Beweis stellen. Zu schade, dass meine Eltern mein Kunstwerk nicht zu schätzen wussten, als sie nach Hause kamen.

# 3.
# Nährende Natur

Die glücklichste Zeit meiner Kindheit verbrachte ich mit Tieren. Zwischen vier und sechs Jahren setzten meine Eltern mich mehrmals bei einem Bauernhof in Wallsbüll ab. Das ist in der Nähe von Flensburg. So konnten sie zu zweit Urlaub auf Sylt genießen. Sehnsüchtig nach den Tieren, die ich zuvor so lange vermissen musste, rannte ich jedes Mal aus dem Auto ohne mich umzusehen zu ihnen. Dem sogenannten Jungvieh, den Pferden, den Ziegen, Hasen, Katzen und Hunden. Ich tauchte ein in meine Welt des Wohlfühlens, der Stille, den Kontakt zu sprachlosen Lebewesen, die mich so nahmen, wie ich war. Die Verbundenheit mit der Natur und den Tieren gehört wohl zu meiner Glücksformel.
Dass meine Eltern mich erst Wochen später wieder abholten, kümmerte mich nicht. Eher im Gegenteil, ich wollte auf dem Bauernhof bleiben. Die Bauernfamilie hatte mich lieb, da ich dem Pfarrerskind ähnlich sah und immer gut aß. Die Landluft tat mir gut und deshalb hatte ich eben gesunden Appetit! Nie vergesse ich den aromatischen Geschmack der in Butter gebratenen Kartoffeln beim Abendessen. Wie goldene Erde schmeckte es. Mein Leben lang suche ich nach jenem Geschmack. Er ist mir nur einmal in einem Restaurant in der Eifel wieder begegnet. Da habe ich mir gleich mit viel Überredungskunst ein paar Kilo Kartoffeln des restlichen Bestands aus dem Restaurant mitgenommen. Ich glaube, in dem Gemüse, dass wir heute essen, sind nicht mehr so gute Nährstoffe drin. Es ist deshalb auch nicht mehr so schmackhaft.
Das Bauernehepaar, die Eltern von Christa, einer Freundin meiner Mutter, ließen mich sogar in ihrem Ehebett schlafen. Auf der linken Seite. Rechts schliefen sie. Sie waren lieb zu mir, obwohl ich das Bett regelmäßig einnässte in der Nacht. Auch Christas Geschwister mochten mich. Da war Karin, die als Zahnarzthelferin arbeitete, und mir erklärte, dass sie in dem Job sich jeden Tag die Haare waschen müsste, was mich sehr wunderte. Und da war Holger, der noch zur Schule ging. Er brachte mir das Pfeifen bei. Es waren einfache Leute, die mir guttaten. Zu der Zeit hatte ich auch noch gar keine Angst vor Spinnen. Einmal schaute ich sogar dabei zu, wie eine zugegebenermaßen kleine Spinne zwischen meinem gespreizten Daumen und Zeigefinger ihr Netz wob. Obwohl mich einmal der Familienhund,

ein kleiner Spitz, in den Finger gebissen hatte und eine Kuh im Stall mich getreten hatte, war meine Freude an diesem Ort unerschütterlich. Stundenlang hockte ich auf der Weide oder im Stall. Ich brauchte nicht mehr als die Stille, die Landluft und die Tiere, um glücklich zu sein. Den Duft des Bauernhofes habe ich noch in meiner Nase. Diese Erfahrung sollte sich so sehr in meinem Herzen verankern, dass ich viele Jahre später bei der Erinnerung an diese Zeit entschieden habe, nicht mehr in der Stadt zu leben, sondern auf dem Land.

Tiere hatten wir auch in Oldenburg. Obwohl wir immer zentral lebten, hatten wir so einige Haustiere im Laufe der Zeit. Eine Katze, Hasen, fünf Zebrafinken und einen Goldhamster. Wer sich nun an Pipi Langstrumpf erinnert fühlt, dem sei gesagt, dass die Tiere nacheinander in den Haushalt kamen.
Da meine Eltern seit meiner Kindheit immer selbständig tätig waren, war es an den Kindern, für die jeweiligen Tiere zu sorgen. Ich erinnere mich an die Zebrafinken, von denen ich einen nach dem anderen tot im Käfig fand. Wahrscheinlich waren sie einfach an Altersschwäche gestorben. Aber mir brach es jedes Mal das Herz und ich wusste natürlich nicht wohin mit den kleinen toten Tierchen. Ob es nun der Hamster war oder ein Zebrafink, ich weiß es nicht mehr – ein Tierchen habe ich jedenfalls mal in einer Kiste im Garten bestattet. Danach hatte ich Alpträume.

Meine Eltern verbrachten damals mit einer Gruppe von Freunden die Wochenenden manchmal in einem gemieteten Bauernhaus in Bad Zwischenahn. Wir waren die einzigen Kinder in der Gruppe der Erwachsenen, doch gern gesehen, da wir unkompliziert waren und uns gut allein beschäftigen konnten. So etwas wie Babysitten kannten die damals nicht. Sowieso waren wir bei allem, was meine Eltern unternahmen, immer dabei und das tat uns gut. Wir konnten draußen spielen und mehr brauchten wir nicht. Mein Vater nannte uns überall „meine Zwerge“ und verkündete, dass er nicht an „Erziehung“ glaube, sondern nur an „Heranleitung“.

Im Bauernhaus gab es Grillfeste, Pyjama Partys und vor allem immer Musik von Elton John. Ich kenne alle seine Lieder und wenn ich sie heute höre, bin ich innerlich in der Kindheit wieder an jenem Ort, wo es nach abgestandenem Bier, Holz und Moos roch.

Mein Vater ist ein charismatischer Querdenker. Er war den Großteil seines Lebens Unternehmer. Die Palette seiner Berufe ist groß. Vom Aufzugbauer und Trockenbauer über Weinhändler und Baudesigner war alles dabei. Irgendwann kam er auf den Gedanken, Ladenlokale im Einzelhandel zu übernehmen, was sich viele Jahre fortsetzte und branchenübergreifend seine Laufbahn begleitete. Es ging los mit einem Schallplattenladen in der Fußgängerzone von Oldenburg mit dem lustigen Namen "SchnickSchnack". Das war mein zweites Zuhause als Teenager. Später ging es damit in ein größeres Ladenlokal, bis die Schallplatte wenige Jahre später von der CD abgelöst wurde. Das war das Ende des Schallplattenladens. Das war Mitte der Achtziger. Bis es jedoch soweit war, gab es noch die Innovation von Video-Clips, auf denen man einen Film sah, der zum jeweiligen Musikstück lief. Also Video und Audio Impression zusammen. SchnickSchnack hatte ausser den Schallplatten auch einen kreisrunden Tresen mit gastronomischem Betrieb, von dem man auf die Leinwand sah. Ich erinnere mich sehr gut daran, wie wir alle mit offenem Mund vor der zwei mal drei Meter großen Leinwand Musik-Clips geschaut haben. So etwas hatte keiner zuvor gesehen.
Auch mich als jungen Teenager hatte die Musik der achtziger Jahre in den Bann gezogen. Die Begeisterung für die Musik verband unsere Familie und das sollte für immer so bleiben. Ich kannte „alles" an Musik und konnte meine Freunde mit meinem Wissen und Gespür oftmals verblüffen. So konnte ich alle Interpreten und Songs dieser Zeit bei den ersten Tönen nennen, wenn wir in der Disco waren. Damals gab es noch Kassettenrecorder mit Radio. Für die Jüngeren von euch: eine Musik-Kassette ist ein circa sieben mal zwölf Zentimeter großes Tonband mit Audiomaterial drauf. Ein Hobby bestand darin, sich die Lieder aus dem Radio per Knopfdruck auf die Kassette aufzunehmen, so dass man seine eigene individuelle Kompilation hatte. Störend war nur, dass die Radiomoderatoren immer reingere-

det haben. Meine Lieblingsgruppen waren Depeche Mode, Tears for Fears und The Cure. In der Retrospektive kann ich mit der Musik der achtziger Jahre heute nicht mehr so viel anfangen. Einzig meine Verehrung für den Musiker Prince ist vom ersten bis letzten Album bis heute geblieben. Prince ist für mich das größte Genie und ich mag mir meine Jugend ohne seine Musik nicht vorstellen. Er hat mein Leben reicher und bunter gemacht. Es gab Phasen, da habe ich mir violette oder barocke Kleidungsstücke zugelegt, weil ich seinen besonderen royalen Glamour liebte. Mich schön zu kleiden, verschaffte mir ein Gefühl der Erhabenheit gegen das Grau des Alltags. Es gibt sogar Menschen, die behaupten, Prince sei ein Nachfahre von Jesus. Diese Vorstellung finde ich wundervoll.
In dem Jahr meiner Hochzeit starb er plötzlich im April, was mich veranlasste, auf der Hochzeit im August das legendäre „Purple Rain“ zu singen.
Natürlich hörte ich damals in den Achtzigern auch das Album „Thriller“ von Michael Jackson. Seine Stimme liebte ich schon in den Songs der Jackson 5. Ich konnte ihn als Musiker bewundern, jedoch nicht seinen Charakter. Seine kranke Psyche spiegelte sich in seinem von Schönheitsoperationen und Chemikalien geweißten Wachsgesicht wieder und in seinen Untaten, wie jeder weiß. Prince hingegen, der seinen afrikanischen Wurzeln auch musikalisch immer treu geblieben war, trug sogar in der letzten Phase seines Lebens eine Afro-Frisur. Das wilde krause Haar stand ihm ausgesprochen gut!

# 4.
# Lieben lernen

Irgendwann kam zu dem Schallplattenladen auch eine Videothek hinzu. Mein Bruder wurde ein Filmjunkie. Die Zombiefilme haben bei ihm schlimme Ängste ausgelöst, so dass er eine Zeit lang regelmäßig mitten in der Nacht an meinem Bett stand und sagte: "Biggi, kann ich in dein Bett kommen, ich habe Angst." Nachdem er sich an mich gekuschelt hatte, konnte er friedlich schlafen. Diese Aufgabe als Dämonenjägerin konnte ich später noch beruflich weiter ausbauen. Davon abgesehen hatte ich Jahre später nachts manchmal im Schlaf die Wahrnehmung von jemandem neben meinem Bett, der meinen Namen sagt. Ich zwang mich dann, aufzuwachen. Doch da war natürlich niemand. Jedenfalls niemand, den ich mit meinen Augen sehen konnte. Im Schlaf nahm ich aber eine Wesenheit wahr, die mich dazu bringen wollte, aufzuwachen. Was für ein schönes Bild aus heutiger Sicht! Ja, ich habe viel später ein starkes Bedürfnis entwickelt, aufzuwachen.

Meine Eltern waren also mit Ihren Geschäften voll und ganz ausgelastet. Unser Leben als Kinder war aufregend und viele Mitschüler beneideten uns darum. Was sie nicht sahen, war, dass wir allzu oft auf uns allein gestellt waren. Wir nahmen mehr Essen aus Restaurants und Imbiss-Stuben zu uns als zuhause Zubereitetes.
Was meine Entwicklung betrifft, hat das dazu geführt, dass ich von klein auf selbständig war und selbstbewusst natürlich auch. Die Kehrseite bestand sicherlich darin, keine uneingeschränkt unbeschwerte Kindheit gehabt zu haben und zu früh erwachsen zu werden. Als mir mit Ende zwanzig diese Erkenntnis bewusst wurde, brach ich unkontrolliert in Tränen aus. Ich trauerte um meine Kindheit. Sie hätte etwas leichter sein können. Es waren zum Glück zwei Freunde zur Stelle, die mich trösten konnten. In der Ganzheit betrachtet habe ich mir dieses Zuhause ja ausgesucht, um genau auf diese Weise zu wachsen. Man wächst an den Herausforderungen des Lebens. Ich bin sicher, dass die Seele genau weiß, wie groß die Herausforderung sein darf, um nicht daran zu zerbrechen, sondern daraus zu lernen.

Marc und ich wuchsen also in der schönen Stadt Oldenburg auf, vornehmlich in Wohnungen an großen Straßen oder in der Fußgängerzone. Wir zogen innerhalb der Stadt alle ein bis drei Jahre um. Als wir noch in der Grundschule waren, spielten wir oft im nahe gelegenen Eversten Holz. Die Natur war wie so oft meine Rettung.
Hinter dem Haus in der Alexanderstraße hatte ich einen Stall mit einem großen Hasen darin. Ich liebte seinen Geruch und sein weiches Fell. Er büxte hin und wieder aus seinem Stall aus und musste lange in der Nachbarschaft gesucht werden.
Einmal waren Marc und ich überzeugt, dass bei uns zuhause eingebrochen worden war und wir gingen zur nahe gelegenen Polizeiwache. Wahrscheinlich konnten die Beamten bei der Aufnahme unseres Falles sich das Lachen kaum verkneifen. Wir wurden ernsthaft befragt, wie wir zu der Annahme kamen, das eingebrochen wurde. Brav erteilten wir Auskunft darüber, dass die Wohnungstür nur angelehnt war, als wir nach Hause kamen und wir daraufhin feststellten, dass Klopapier fehlte. Abends ist dann wirklich ein Streifenwagen angefahren gekommen und ich habe mich noch gewundert, warum der keine Streifen hatte. Nachdem wir unseren Eltern die Geschichte erzählt hatten, haben sie entschieden, den Beamten nicht die Tür zu öffnen, als sie klingelten.

In der Schule hatte ich durchschnittliche Leistungen. Meistens standen zweien und dreien auf dem Zeugnis. Im Fach „Schrift und Form“ hatte ich immer eine vier, weil ich einfach keine Lust hatte, schön zu schreiben. Ich konnte es zwar, wenn keiner schaute, aber für andere schön zu schreiben, widersprach meinem rebellischen Geist. Es kam ja schließlich auf den Inhalt der Worte an! Einmal in der vierten Klasse hatte ich das beste Diktat geschrieben. Nur einen Fehler. Als der Lehrer das verkündete, schauten alle mich ungläubig an. Meine Aufsätze zeichneten sich durch prägnante Kürze aus. Ich hatte immer die kürzesten Texte, was aber von guten Lehrern wertgeschätzt wurde, wenn der Inhalt stimmte. So hatten sie weniger zu lesen.
In der frühen Schulzeit langweilte ich mich fürchterlich. Ich schaute lieber aus dem Fenster und träumte, als ihrem Unterricht zu folgen.

Die Lehrer haben leider nicht erkannt, dass Kontemplation und Meditation meine Gesundheit durchaus förderte. Stattdessen legten sie meiner Mutter nahe, mit mir zum Psychologen zu gehen, der mir zum Glück geistige Gesundheit attestierte.

Mein Grundschul-Klassenlehrer Bodo Waschke erkannte mein musisches Talent. Mit seinem liebevollen Blick aus brauen Augen setze dieser Zweimetermann sich vor mich hin und fragte mich vor der ganzen Klasse, ob ich ein Lied vorsingen möchte. Ich fühlte etwas zwischen erstaunt sein und geschockt sein, aber als er sich vor mich hinkniete, erschien er mir wie ein Engel. Ohne nachzudenken stimmte ich „Schneeflöckchen Weißröckchen" an, was er auf seiner Gitarre mühelos begleiten konnte. Jedes Mal, wenn mir jemand auf einem Instrument etwas vorspielt und singt oder ich darf dazu singen, versetzt es mich in die gleiche Rührung wie damals. Seither ist Singen für mich ein Teil meiner Glücksformel. Herr Waschke hat mich und drei weitere Kinder mit in seinen Shanty Chor aufgenommen. Er bestand aus über dreißig Männern, die Seemannslieder sangen.
In meiner Grundschulklasse freundete ich mich mit Manon an, die holländische Eltern hatte. Ich liebte ihr freundliches Zuhause, wo ein Klavier stand, auf dem sie mir beibrachte, kleine Liedchen zu spielen. Wie viele andere lernte ich als erstes den Flohwalzer. Da mir das Klavierspiel so viel Spaß machte und mein Vater wollte, dass ich ihm auf dem Klavier etwas vorspielte, bekam ich zum nächsten Weihnachts- und Geburtstagsfest ein schönes gebrauchtes antikes Klavier.
Manon tanzte auch Ballett, wovon ich auch fasziniert war, und so kam es, dass ich auch mich in ihre Ballettschule einschrieb. Wenn nicht meine Hormone in der Pubertät bewirkt hätten, dass mein Körper zunehmend weibliche Rundungen annahm, hätte mich nichts vom Ballett abgehalten. Aber verglichen mit den knabenhaften, flachbrüstigen anderen Mädels kam ich mir wie eine Walküre vor und gab es auf. Moderner Tanz und Jazz Dance paßten besser zu mir, da ich darin die Konformität verlassen konnte und zum Ausdruck bringen konnte, was ich fühlte.

Das erste Mal verliebt war ich in meinen Klassenkameraden Sibo. So schön sich das anfühlte, tat es auch meistens weh, weil ich nicht wusste, wie ich mich am besten verhalten sollte und auch ganz schön unsicher war. Er mochte mich glaube ich auch und wir verbrachten viel Zeit miteinander, manchmal gingen wir auch mit unseren jeweiligen Geschwistern, also zu viert, in den Eversten Holz. Dann gab es noch Norman in meiner Klasse, den fand ich später auch ganz toll. Die beiden Jungs saßen auch zusammen im Klassenzimmer, was dazu führte, dass ich mich nicht so ganz auf den Unterricht konzentrieren konnte, den ich ja meistens sowieso langweilig fand. Diese neuen Gefühle führten einmal dazu, dass ich mich ganz und gar wahrnahm und mich auf einmal fühlte wie ein Wal. Groß und im Meer schwebend. Ich spürte meine körperlichen Grenzen nicht mehr – das war wohl mein erstes spirituelles Erlebnis.

Das Wahrnehmung, mit Walen verbunden zu sein, habe ich mein ganzes Leben hindurch. Als Kind konnte ich es nicht einordnen und verstand es nicht. Ich konnte es nur fühlen. Später als ich mich mit Spiritualität und Schamanismus befasste, verstand ich, dass der Wal mein Krafttier ist. Mit Mitte vierzig gab es ein weiteres Schlüsselerlebnis bei meiner Ausbildung in geistigen Heilweisen. Aus dem geistigen Feld stieß in einem Moment plötzlich Wal-Bewusstsein in die Ausbildungsgruppe. Nachdem die Ausbilderin uns davon erzählte, was sie wahrnahm, konnte ich es auch deutlich spüren. Sie war einfach geübt darin, Phänomene zu sehen und zu deuten, was ich noch nicht war. Ich konnte es jedoch deutlich fühlen. Später bei Reisen mit Krafttieren sah ich dann die Bilder etwas klarer. Jedenfalls gaben uns die Wale folgende Botschaft: Die Menschen gehen zwar nicht achtsam mit den Meeren und deren Bewohnern um, aber es ist ihnen vergeben worden. Die Wale und Delfine bringen uns Menschen Frieden. Mit ihren Gesängen und Schwingungen, die sie aussenden, erhöhen sie die Schwingung und tragen zum Frieden auf Erden bei. Der Raum war mit Licht und Liebe geflutet, als die Wale bei uns waren. Es hat mich zutiefst berührt und es liefen Tränen der Dankbarkeit dafür. Vielleicht kannst du dir vorstellen, dass ich von diesem Erlebnis nachhaltig beeindruckt war.

Es wuchs eine Zuversicht darüber, dass wir als Menschen sogar von den Tierseelen geliebt werden, obwohl wir es eigentlich nicht verdienen. Ich jedenfalls liebte Tiere und konnte sie irgendwann auch nicht mehr essen.

Unsere Familie machte viele Urlaube zusammen als wir Kinder waren. Meistens holten unsere Eltern uns direkt am letzten Schultag mit gepacktem Reisegepäck direkt von der Schule ab. Sie schauten kurz auf unsere Zeugnisse, ob wir versetzt worden waren, warfen das Zeugnis in irgendeine Ecke und los ging es. Einmal hieß es „es geht ins Heidiland!", was mich mit Vorfreude erfüllte, denn ich kannte die Fernseh-Serie „Heidi" nur als Zeichentrickfilm und konnte kaum ahnen, wie viel schöner die echte Natur in der Schweiz war.

Heute unvorstellbar, aber damals gab es noch keine Anschnallpflicht in Autos. Wenn es überhaupt Gurte gab, so hingen sie meistens nutzlos herum. So passierte es manchmal, dass ich vorn zwischen den Beinen meiner Mutter auf dem Beifahrersitz saß und bei Vollbremsungen mir eine blutige Nase oder eine aufgeplatzte Lippe holte. Meine Zähne hatten dabei den einen oder anderen Schaden genommen, den größten allerdings, als ich mich auf dem Grundschulhof kopfüber von einer Turnstange stürzte. Dabei sind mir die Ecken meiner Schneidezähne abgesplittert und sie mussten begradigend geschliffen werden. Das Problem mit den vorderen Zähnen begleitet mich seither. Ich war ein sehr verträumtes Kind und so geschah es, dass ich des öfteren von irgendwelchen Turngeräten herunterfiel, weil ich nicht aufpasste. Meistens war jemand in der Nähe, der es zufällig mitbekam und mir die Arme hob, damit ich wieder Luft bekam. Vielleicht habe ich deshalb später als Erwachsene eine Zeit lang gern Akrobatik gemacht, um die Kontrolle beim Fallen abgeben zu können. Meine Schutzengel hatten von Anfang an alle Hände voll zu tun bei mir.

Die langen Autofahrten an die Urlaubsorte Europas waren abenteuerlich. Meine Eltern fuhren BMW oder Mercedes, so dass Schnelligkeit ein wichtiger Faktor war. Ein weiterer Faktor mit schwerwie-

genderen Folgen war das Rauchen meines Vaters im Auto. Niemals werde ich den widerlichen Gestank des Rauches der Marke Benson & Hedges vergessen. Die goldenen Packungen lagen überall wo mein Vater sich aufhielt. Auch kann ich bis heute keine Wassermelone mehr essen, weil uns nachdem wir sie gegessen hatten von dem Rauchgestank so schlecht wurde, dass wir das Auto damit vollkotzten.
Die allermeisten Erinnerungen an die Reisen sind jedoch durchweg positiv. Meine Begeisterung für Musik konnte ich damals im Auto auch bereits ausleben. Auf einer Reise nach Italien liefen die ganze Zeit die Kassetten von Adreano Celentano und Lucio Dalla. Selbstverständlich habe ich, obwohl ich kein Wort Italienisch sprach, alle Texte lauthals mitgesungen. Genauso wie sämtliche Kinderlieder wie zum Beispiel „Drei Chinesen mit dem Kontrabass“ bei dem man jedes Mal alle Vokale mit a, e, i, o oder u austauscht beim Singen. Mein Vater hatte einmal so einen Lachanfall beim Zuhören bekommen, dass er das Auto anhalten musste, um sich wieder einzukriegen. Wieder einmal zeigte sich, dass Singen ein Teil meiner Glücksformel war.
Einmal hatte meine Mutter in einem Urlaub Geburtstag und wir anderen haben es vergessen. Es muss erwähnt werden, dass sie erst beim gemeinsamen Abendessen unserer Erinnerung auf die Sprünge half. Sie sagte trocken: "Na dann können wir ja jetzt mal auf meinen Geburtstag anstoßen." Ich glaube, wir fühlten uns danach alle schuldig. Wie konnten wir nur den ganzen Tag Spaß haben und nicht an ihren Geburtstag denken! Tja, Spaß haben kann zum Vergessen führen.

Wir Kinder, und besonders Marc, waren solche Wasserratten, dass uns unsere Eltern nach vielen Stunden, nachdem uns schon Schwimmhäute wuchsen und unsere Haut rot verbrannt war von der Sonne, mit List aus dem Wasser holen mussten. Wir kannten keine Angst in jenen Urlaubstagen. Kein Felsen oder Wikinger-Schiff war zu hoch, um nicht von dort ins Wasser zu springen. Den Mut Neues zu wagen und zu springen findet man in unserer Familie auf besondere Weise.

Wobei mir eindeutig das meiste Temperament zugeschrieben wurde. Auf Familienfeiern, wo man tanzte, fragte man meine Eltern, wo ich denn dieses Temperament herhätte? „Das kann die Biggi doch unmöglich von euch haben, oder?“ Naja, mit meinem Vater habe ich sehr viel getanzt. Als ich Teenager war, sind wir sogar zusammen in Diskos gegangen und sein Auftritt kam dem von John Travolta auf der Tanzfläche schon sehr nahe. Zumindest versuchte er ihn zu imitieren. Einfach großartig!

Als wir das Alter von zehn überschritten hatten, meldeten unsere Eltern uns für Ferienfreizeiten an, damit sie auch mal in Ruhe alleine Urlaub machen konnten.
Eine dieser Reisen in ein Kinderdorf nach Holland begann im Bus. Neben mir saß meine Freundin Silke, die wie ich Pferde liebte. Wir waren zwölf. Schräg hinter uns saß ein Junge, der Silke die ganze Busfahrt hindurch neckte. Ganz nach dem Motto: was sich liebt, das neckt sich. Dieser blonde Junge interessierte mich jedoch nicht die Bohne. Aber der Schwarzhaarige daneben umso mehr. Wir warfen uns einige verstohlene Blicke zu. Während der zwei Wochen des Ferienlagers habe ich ihn nicht mehr zu Gesicht bekommen. Erst am letzten Tag vor der Heimreise hat er mir einen mit Füllfederhalter geschriebenen Liebesbrief zukommen lassen. Damals hatten die Menschen nämlich noch Stil und das lief analog. Beim Lesen des Briefes stieg meine Körpertemperatur merklich an und ich ersann ein persönliches Treffen mit diesem Jungen, der Alexander hieß und schon dreizehn war. Bald danach trafen wir uns am Zaun, jeder auf einer Seite desselben stehend. Das Treffen bestand aus ein bis drei Sätzen und einem Kuss auf meine Stirn, was ich gnadenlos romantisch fand. Ich glaube, ich habe in der Nacht kein Auge zugemacht vor Aufregung. Ich bekam Hitzewallungen. War wohl ein Hormonschub.
Wieder zu Hause angekommen nach der Reise, wurde ein Besuch von Alexander arrangiert. Ich hatte schon eine eigene Wohnung im gleichen Haus, in dem unten meine Eltern wohnten. Meiner Mutter brachte der Gentleman einen Strauß Rosen mit und mir eine einzige große Blume. Während Muttern überfordert schien, hielt ich so ein

Verhalten für angemessen. Nur von Freunden bekam ich später mitgeteilt, dass es gänzlich uncool sei. Obschon Alex und ich die Liebe zur Musik teilten, war unsere kleine Romanze leider nicht von Dauer. Ich muss wohl etwas getan haben, dass ihn wütend gemacht hat. Vielleicht habe ich seine Zuneigung nicht so erwidert, wie er sich das erwartet hatte. Mir hatte niemand gezeigt, wie man Zuneigung erwidert. Meine Mutter hatte mir stets erklärt, dass man als Mädchen Desinteresse zu zeigen hat. Also drohte Alex mir bei meinem letzten Besuch in seinem Zuhause, mir Chemikalien über den Kopf zu schütten. Chemie war nämlich auch eines seiner Steckenpferde. Natürlich konnte ich zu jenem Zeitpunkt nicht ahnen, dass er fünfunddreißig Jahre später meinen Namen in seinem Kalender im Zuge seiner Biographie-Arbeit wieder entdecken würde, mich im Netz recherchieren würde, um mir zu meinem siebenundvierzigsten Geburtstag zu gratulieren. Als wir uns kurz darauf persönlich wieder trafen, hatten wir viel zu lachen über unsere kindischen Verhaltensweisen. Er wohnt mittlerweile in München und wir stellten einige Parallelen in unser beider Leben sowohl persönlich als auch beruflich fest.

# 5.
# Die Peinlichkeit der Jugend

Meine Pubertät begann pünktlich mit dreizehn Jahren mit der Menstruation. Das Blut erschreckte mich und ich dachte, ich sei krank. Mir hatte niemand gesagt, dass dies zum Übergang vom Mädchen zur Frau dazu gehöre. Die wirklich wichtigen Dinge werden Kindern in unserer Gesellschaft nicht gezeigt. Keine Übergangsriten, keine Aufklärung, die nicht total peinlich ist. Was nützt es einem Kind, einen PC zu bedienen, wenn es nicht einmal weiß, wie der eigene Körper funktioniert?

Man bezeichnete mich als frühreif. In den Wintermonaten verbrachte ich alle Wochenenden in der hiesigen Eislaufhalle. Dabei ging es nicht nur um die sportliche Betätigung. Nein, hier traf sich die Jugend, um heimlich die erste Zigarette zu rauchen, das erste Mal zu knutschen, zu flippern, sich über die neueste Musik auszutauschen und natürlich Jungs sowie Mädels kennenzulernen. Als Mädchen „ging" man mit einem Jungen, wenn man ihn mehr als einmal auf den Mund geküsst hatte. Das konnte aber schnell wieder enden, wenn einer von beiden mit einem anderen „ging". Ich habe dieses Spiel nicht verstanden, da ich keine Veranlassung sah, eine einmal getroffene Entscheidung ohne Grund wieder rückgängig zu machen. War ich eine treue Seele oder einfach naiv? Jemand musste sich schon schlimm aufführen, bevor ich mit ihm „Schluss gemacht habe". Besonders helle waren die Jugendlichen dieser Szene zwar nicht, aber ich kannte keine Besseren. Es gab sogar Honks darunter, die mir einfach an den Busen grabschen wollten und Hupgeräusche dazu imitierten. So schnell wie die Hände an meinem Körper waren, konnte ich gar nicht gucken. Das war sehr verstörend für mich und hat mein Bild über die Teilnehmer des anderen Geschlechts nachhaltig geprägt.
Meine Freundin Maria, Mücke genannt, war obwohl noch jünger als ich noch frühreifer. Sie hatte lange vor mir den ersten Kuss und sogar den ersten Sex gehabt. Darauf habe ich mühsam gewartet, bis ich sechzehn war. Von ihr konnte ich dementsprechend lernen, wenn auch in der Theorie, um meiner Naivität etwas auf die Sprünge zu helfen. Einmal wollte sie von zu Hause weg und bei mir übernachten. Ich hatte wie gesagt eine kleine Wohnung mit eigenem Eingang

ganz oben im Haus. Darunter wohnten meine Eltern und darunter im Erdgeschoss war deren Videothek. Für die Jüngeren: eine Videothek war ein Geschäft, wo man sich Video-Kassetten zum Anschauen von Filmen auslieh. Mücke wollte jedenfalls bei mir nächtigen. Meine Mutter hatte ihr Kommen im Treppenhaus wahrscheinlich mit ihren spitzen Ohren gehört und kam irgendwann nach oben. Mücke hatte ich, nachdem Mummy klopfte, im Kleiderschrank versteckt, was sie natürlich direkt merkte. Selbstverständlich blieb Mama cool, was die Begeisterung meiner Freundin für meine Eltern weiterhin anhob. Insgesamt wurde ich beneidet, weil ich lässige Eltern hatte, die obendrein auch noch lässige Geschäfte hatten. Schallplatten, Videofilme und Kneipen kommen bei Jugendlichen einfach gut an.
Mücke hatte ich seit meiner Jugend nicht mehr gesehen und dank sozialer Medien hat sie mich mit Mitte vierzig wiedergefunden.

Mit vierzehn konnte man mich nicht davon abhalten, jeden Sonntagnachmittag in die Jugend-Disco Scala zu gehen. Mücke war auch dabei. Wir hübschten uns vorher natürlich mächtig auf. Das gehörte zum Ritual. Auch mit Schminktips war sie stets zur Stelle.

Ich geriet auch in sozial schwache Kreise. In einem Freundeskreis, auch „Clique“ genannt, wurde mir einmal aufgelauert und ich wurde zu Boden geworfen und ins Gesicht geschlagen. Es wurde behauptet, dass ich verwöhnt sei, weil meine Eltern Geschäfte hatten. Ich muss wohl niemandem erklären, dass ich das ganz und gar nicht war. Ich bekam genauso viel Taschengeld wie meine Mitschüler, dafür aber viel weniger Aufmerksamkeit. Das ist wohl eher das Gegenteil von verwöhnt sein, oder? Diese Jugendlichen suchten einfach ein Hass-Objekt und fanden in mir ein willkommenes Opfer. Als ich fiebrig von den Schlägen nach Hause kam, bemerkte meine Mutter das sofort und tröstete mich so gut sie konnte. In mir wurde dadurch Scham ausgelöst, weil ich mich in den falschen Freunden getäuscht hatte.

Später mit fünfzehn gingen wir dann ins Renaissance tanzen. Es war die New Waver Zeit. Wir hatten hochstehende Frisuren mit stellenweise ausrasierten Mustern darin. Es wurde mit knalligen Farben gefärbt. Ich hatte alles ausprobiert von schwarz über platinblond, blau und rot. Bei der Kleidung spielte die Farbe schwarz die Hauptrolle. Der Tanzstil war eher hölzern. Einen Schritt vor, einen zurück. Oder einen Schritt zur Seite und einen zur anderen. Wichtig war, dass man nach unten sah. Passend zur eher metallischen, düsteren Synthesizer Musik der Zeit wirkte auch der Tanzstil etwas depressiv. Später erwuchs aus diesen Einflüssen die Wave Gothic Szene, wo alles in schwarz gehüllt war.

Jedenfalls sah ich stets älter aus aufgrund meines Stylings und meines Körperbaus. So hatte ich mit fünfzehn schon alle Diskos in Oldenburg ausprobiert. Einmal ließen meine Eltern mich sogar von einem Bekannten aus einer Disko mit Namen NOVO herausholen, in der ich minderjährig noch gar nicht hätte hineingelassen werden sollen. Da wohnten wir schon in der „Lange Straße“, in einer schicken Loft-Wohnung auf zwei Etagen mit riesiger Dachterrasse mit Blick über die Oldenburger Fußgängerzone. Meine Mutter schlief eine Etage über meinem Zimmer in der Wohnung und mein Vater hatte seine American Bar „Cadillac“, so dass ich im Prinzip machen konnte, was ich wollte. Ungünstig war nur, dass mich jemand in besagter Disko erkannte und es meinen Eltern verriet.

In dieser Zeit lernte ich die Musik von Prince kennen. Der Film Purple Rain verzauberte mich. Ich fühlte eine seelische Verbindung zu diesem Mann. Wir verbrachten spannende Erlebnisse in meinen Träumen, in denen Eros und Logos gleichermaßen eine Rolle spielten. Er ist nicht nur ein Mentor für mich, sondern hat auch Anteil an der Entwicklung meiner Anima, meiner inneren Königin. „Prince and the Revolution“ kleideten sich glamourös und royal.

In diesem Jahr hatte ich auch meine erste längere Beziehung. Immerhin hielt es neun Monate mit Thomas, der Soldat war, und mir aus der Kaserne regelmäßig seitenlange Liebesbriefe schrieb.
Er war schon neunzehn und wollte natürlich nicht noch länger warten, bis ich mit ihm schlief, also trennte er sich neun Monate später von mir, als wir nach Bad Zwischenahn zogen. Wir, das waren meine Mutter, mein Bruder und ich. Mein Vater hatte den Bogen mit seinen außerehelichen Eskapaden überspannt, was meine gedemütigte Mutter nicht länger dulden wollte und mit uns aus der großen Stadtwohnung auf zwei Etagen auszog.
In jener Stadtwohnung gegenüber auf der anderen Seite des Hausflurs wohnte eine Lehrerin, die am Gymnasium in Bad Zwischenahn arbeitete, die ich dann daraufhin im Fach Sport bekam. Die Magret mochte ich sehr gern. Sie hatte mir schon, als wir noch Nachbarn waren, Nachhilfe in Chemie gegeben. Das Leben auf dem Land und der Schulwechsel taten mir gut. Meine Noten wurden besser, weil es nicht so vielc Ablenkungen gab und somit genug Zeit zum Lernen. Wir wohnten in der Penthouse Wohnung eines sogenannten Hügel-Hauses direkt am See. Man blickte nach unten auf den Yachthafen Eyhausen. Mein Zimmer im obersten Dachgeschoss hatte ein Fenster mit Seeblick, was nur den Nachteil hatte, dass beim Öffnen unzählige Spinnen in mein Zimmer krabbeln wollten. Am Wasser haben diese Tiere beträchtliche Größen. Meine Spinnenphobie prägte sich immer weiter aus, obwohl ich mir die Mühe machte, jede einzelne mit einem Stab wieder nach draußen zu befördern. Die Worte meiner Mutter beim Abendessen über die Spinnen draußen auf der Terrasse, die ja auch gerade in ihren Netzen ihr Abendessen verspeisten, taten ihr Übriges. Ich mag wirklich alle Tiere außer eben diese. Naja, Maden finde ich auch nicht grade lecker, aber wer tut das schon.

Mit sechzehn lernte ich dann Dico kennen. Zwei Jahre älter als ich hatte er schon eine eigene Wohnung unter der seines Vaters. Seine beträchtliche Sammlung an CDs und Filmen war eine Bereicherung für meinen Horizont. Er war ein schmaler, großer Kerl mit rotblonden Locken, wenn auch wenigen Haaren an sich.

Seine großen, graugrünen, wachen Augen schauten freundlich durch eine runde Nickelbrille. Sein Gang hatte etwas Besonderes. Mit großen, elastischen Schritten und aufgerichteter Wirbelsäule wirkte er lässig und selbstbewusst, was er auch tatsächlich war. Auch trug er die hipste Mode aus London, was mich faszinierte. Rot-schwarz-karierte Punk-Hosen mit Nietengürteln und natürlich Springerstiefel. In seiner Wohnung lief man über einen Teppich aus großen rot-schwarzen Karos. An den Wänden hingen Poster von The Clash, The Sex Pistols und The Exploited.
Zunächst war er ein guter Freund, bei dem ich manche Wochenenden verbrachte. Das bot mir die Gelegenheit in mein geliebtes Oldenburg zu kommen und auszugehen. Ein halbes Jahr ging das so. Ich fühlte mich geborgen und verstanden. Wir wurden die besten Freunde. Dann entwickelte sich eine Liebesbeziehung daraus, weil wir merkten, dass wir etwas Wertvolles aneinander hatten. Vier Jahre blieben wir ein Paar und diese Zeit hat mich in meiner Entwicklung sehr geprägt. Im Nachhinein betrachtet war er mir geistig um Einiges voraus. Seine Zuneigung und Treue hat mir Sicherheit und Halt gegeben. Ich war eher die Hedonistin, die mit Freunden ausgegangen ist, während er zuhause blieb und Filme schaute. Sehr verliebt war ich nicht nur in ihn, sondern auch in seinen Wellensittich namens „Pipsi“. Als der Piepmatz starb, haben wir tränenreiche Nächte verbracht. Ich noch schlimmer als er. Kurz vor meinem Abi habe ich mich dann entschieden, ohne ihn weiter zu gehen. Zum Glück blieben wir nach anfänglichem Trennungsstress noch ein paar Jahre gute Freunde.

Mit achtzehn machte ich dann endlich meinen Führerschein und konnte so oft ich wollte nach Oldenburg fahren. Mein Vater holte mich nach der Führerscheinprüfung ab und gab mir seinen Autoschlüssel mit der Aufforderung, uns nun jetzt nach Hause zu fahren. Auf die Idee, dass ich noch nie einen Mercedes, geschweige denn mit Automatik gefahren bin, kam er erst gar nicht. Bei uns wurde vorausgesetzt, dass man alles könne, wenn man es wolle. Dafür werde ich meinen Eltern immer dankbar sein. Auch meine Mutter bestand stets darauf, dass wir selbständig werden. Uns wurde etwas einmal gezeigt, eine Frage einmal beantwortet, und dann wurde vorausgesetzt, dass wir es könnten. Unsere Intelligenz wurde somit aufs Konsequenteste geschult.

Irgendwann hatte mein Vater es eingesehen, dass wenn er seine Familie wieder haben wollte, er seine Cadillac Bar aufgeben musste. So kaufte er ein großes Haus in Bad Zwischenahn, wo wir alle einziehen konnten. So lebten wir wieder als Familie.
Ich hatte eine tolle Clique aus Mitschülerinnen, mit denen ich oft ins Amadeus nach Oldenburg fuhr. Es war im Grunde genommen unsere zweite Heimat. Das Amadeus war eine große Diskothek auf drei Etagen, wobei die Mitte komplett offen war, so dass man von überall freien Blick überall hin hatte. Bevor es zum Amadeus wurde, stand der Raum leer. Da mein Vater bevor er zu uns nach Bad Zwischenahn zog, eine Bleibe suchte, weil die Wohnung überm Cadillac wohl nicht mehr taugte, bot man ihm an, die Diskothek zu seinem Zuhause zu machen. Und so kam es, dass das französische Ehebett meiner Eltern auf die Tanzfläche gestellt wurde und er dort wohnte. Oft als wir später im Amadeus tanzen gingen, musste ich schmunzelnd daran denken, dass mein Vater auf derselben Tanzfläche, auf der ich gerade tanzte, geschlafen hatte.
Unsere Mädels Clique bestand aus schwarz gekleideten Fans von The Cure und Depeche Mode. Als diese Musik gespielt wurde, flippten wir alle auf der Tanzfläche aus. Einmal trafen sich alle bei mir zuhause und wir gingen ins Wohnzimmer, wo Papa auf der Couch Fernsehen guckte. Ich sagte zu ihm, dass wir nun gern ins Amadeus fahren würden, aber kein Auto zur Verfügung stünde. Ohne mit der Wimper zu zucken gab er mir seinen Autoschlüssel. Natürlich nicht, ohne dass ich vorher seine Frage, ob ich seinen Sechser-BMW fahren könne, bejaht hatte. Meine Freundinnen haben über diese vertrauensvolle Handhabung nicht schlecht gestaunt. Mein Selbstvertrauen und mein Mut haben sich durch das Vertrauen, das mir entgegengebracht wurde, immer weiter verankert. Die grundsätzliche Haltung, dass ich mir alles zutraue, auch wenn ich zunächst nicht weiß, ob ich es kann, zieht sich durch mein gesamtes Leben. Mein Vater sagte, dass er lieber „ja“ sagt statt “nein“.

Und das habe ich immer bewundert und mir zu eigen gemacht. Nein zu sagen, habe ich später noch gelernt, weil ich es musste.

In der elften Klasse ging es für einen Schüleraustausch vier Wochen nach Texas. Ich erfuhr eine erträgliche Leichtigkeit des Seins in diesem Land. Freundliche, höfliche Menschen, die immerzu lächelten. Ein paar Einblicke in die Abgründe hinter dem Lächeln wurden mir natürlich auch gewährt. Ich machte Bekanntschaft mit Vorurteilen gegenüber Schwulen oder Andersgläubigen. Alleine dass ich keiner Religion angehörte oder schwule Freunde hatte, machte mich zur Außenseiterin. Allein meiner Lässigkeit, meinem unwiderstehlichen Lächeln und meinen abgefahrenen Klamotten verdanke ich, dass die Leute wenigstens vordergründig nett zu mir waren. Sie wollten einfach wissen, woher ich diese coole Hose oder diese heißen Treter hatte.

Das Abitur machte ich mit den Leistungskursen Englisch und Gemeinschaftskunde. Als weiteres schriftliches Prüfungsfach hatte ich Biologie und mündlich wurde ich im Fach Deutsch geprüft. Hier sollte ich etwas über das Buch Homo Faber erzählen. Später erfuhr ich dann von einem der Lehrer, der bei der mündlichen Prüfung anwesend waren, dass, nachdem ich den Raum verlassen hatte, darüber diskutiert wurde, ob ich Drogen genommen haben könnte. So eine bodenlose Frechheit, dass einem unterstellt wird, dass man Drogen nimmt, nur weil man freundliche lächelt! Ich sah die Prüfung nicht als ernste Angelegenheit, sondern mir machte es Freude mit den Menschen über Homo Faber zu sprechen. Warum nehmen sich Pädagogen bloß so furchtbar ernst!
In meinem Englisch Leistungskurs saß auch Ron. Ein genialer Hochbegabter, der auch noch unverschämt hübsch war. Ich war zwei Jahre lang jeden Tag in der Schule hin und her gerissen zwischen hormoneller Überforderung, weil ich ihm am liebsten um den Hals gefallen wäre und Mitgefühl dafür, dass er sich wahrscheinlich zu Tode gelangweilt hat bei so viel Mittelmäßigkeit in der Schule. Er war schon ein Jahr in den USA zur Schule gegangen und der Englischkurs war Peanuts für ihn. Ich habe damals meine Hormone ver-

flucht, die mich so quälten. Sie machten mich zu einem dummen Tier, bei dem menschliche Intelligenz und Bewusstsein keine Chance hatten.
In diesem Zusammenhang sei vorweggenommen, dass ich erst durch die Wechseljahre davon befreit wurde und mein Bewusstsein dadurch einen Quantensprung erlebt hat.

Das Getriebensein hatte seinen Höhepunkt in dem Jahr erreicht, in dem ich Abitur machte. Mit zwanzig hatte ich wie gesagt meine vierjährige Beziehung mit Dico beendet und war nach dem Abi als jagende Wölfin unterwegs. Das übermäßige Lernen, wo man nur aus Kopf ohne Körper besteht, hatte mich wohl in ein so großes Ungleichgewicht gebracht, dass ich meinen Körper neu entdecken musste.
Die Jagd nach Romantik und Abenteuern war fast zur Sucht geworden. Nicht nach Rauschmitteln, sondern nach purem Leben. Dahinter stand der Wunsch nach Nähe. Und dahinter der Wunsch nach Liebe. Damals wusste ich noch nicht, dass Liebe überall ist und besonders in mir. Drogen gab es um mich herum. Aber die haben mich zum Glück nicht interessiert, Alkohol auch nicht. Natürlich habe ich ein paar Dinge ausprobiert, weil ich wusste, dass ich nicht gefährdet bin. Ich fand es abschreckend, unbewusste oder vernebelte Menschen zu erleben. Lieber war mir Echtheit und mit allen Sinnen wahrzunehmen. Natürlich kann ich verstehen, dass Menschen, die festhalten und kontrollieren, gern einmal loslassen möchten, sich fallen lassen möchten. Das wollte ich auch.

Nach meinem Abi machte die Familie erst einmal noch Urlaub in Florida. So richtig einen auf dicke Hose machen wollte mein Vater mit mir als Dolmetscherin im Schlepptau. Es wurde ein weißer Cadillac Sedan Deville gemietet, dreimal am Tag im Restaurant gegessen und auch sonst nicht gespart. Die fette Rechnung kam später, denn man zahlte alles mit Kreditkarte. Obwohl es nicht mein Geld war, sondern das durch viel Arbeit verdiente Geld meiner Eltern, machte ich mir auch ein wenig Sorgen. Würden wir danach Geldprobleme kriegen?

Eine der Eigenschaften die mir von meiner Mama immer zugeschrieben wurde, war Sparsamkeit. Diese Eigenschaft konnte ich nicht von meinen Eltern haben, denn das waren sie nicht. Alles was erwirtschaftet wurde, wurde direkt wieder investiert oder Ausgegeben. Sie hatten das Prinzip des bedruckten Papiers verstanden. Sein ursprünglicher Zweck bestand darin, als Tauschmittel zu dienen. Sie sparten nichts und legten auch nichts an. Das wird auch dazu führen, dass ich nichts erben werde. Die Eigenschaft der Gier, die dazu führt, immer mehr haben zu wollen, war Ihnen total fremd. Meine Existenzängste mussten wohl woanders herkommen, nicht aus diesem Leben.
Zunächst einmal hatten wir aber einfach Spaß in Florida. Daddy und ich gingen eines Abends im besten Zwirn in einen Club. Der Cadillac wurde vor dem Club in die erste Reihe geparkt, alles andere wäre ja zu billig gewesen. Da ich noch keine 21 war, musste mein Dad den Bouncern versprechen, dass er mir keinen Tropfen Alkohol einflößen würde. Wenn keiner hinsah, ließ er mich selbstverständlich mal nippen, einfach nur um sich nicht an die Regeln zu halten. In dem Schuppen ging es echt ab, so funkige Live Musik hatte ich in Deutschland noch in keinem Club gehört. Feiern können die Guys in USA auf jeden Fall.

Zurück in Germany versuchte ich dann, die Zeit bis zum Herbst, wo ich nach Würzburg ziehen würde, um die Dolmetscherschule zu besuchen, zu überbrücken. Ich nahm einen Job im Eiscafé an und konnte so viel Eis schlecken wie ich wollte. Passend zum Sommer gab es im Amadeus jeden Donnerstag das Woodstock Revival. Das war meine Welt. Die Musik, die Kleidung und der Spirit sprachen mich so sehr an, dass ich dachte, ich sei direkt aus Woodstock inkarniert. Vom Zeitpunkt her kommt das sogar ungefähr hin. Vergessen waren alle schwarzen Klamotten aus der New Wave Zeit. Nun konnten die Hosen nicht bunter und glockenförmiger sein. Die Haare wurden länger und der Tanzstil wilder. Man fragte sich, woher Anfang der Neunziger auf einmal die ganzen Hippies aus den Siebzigern kamen. Wo hatten sie sich all die Jahre versteckt? Mir wurde klar, dass ich im falschen Jahrzehnt meine Jugend verbracht hatte.

Die achtziger Jahre hatten musikalisch nicht viel zu bieten. Die lyrische Musik mit den echten analogen Instrumenten, den langen Gitarrensoli und den tiefgreifenden Geschichten, die erzählt wurden, kam aus den Siebzigern. Da hörte ich Aufbruchstimmung und Leidenschaft heraus. Verglichen damit war Depeche Mode eine oberflächliche Computeranimation. In Würzburg verkaufte ich dann meine gesamte Schallplattensammlung, in der alle Depeche Mode Alben inklusive Maxi Singles enthalten waren – schätzungsweise fünfzehn - an einen Mitschüler für´n Appel und´n Ei. Die Gruppe, die ich so oft live erlebt hatte und stundenlang anstand um in der ersten Reihe zu stehen, bedeutete mir nichts mehr.

War es die Zeit, die Stadt oder das, was ich in mein Leben gezogen hatte? Nie wieder habe ich eine wildere Zeit erlebt als damals. Ich lernte Partys kennen, wo im Erdgeschoss gekifft und auf der ersten Etage gekokst wurde. Ich war natürlich geschockt davon, aber ließ mir nichts anmerken. Ich hatte wechselnde Liebhaber und multiple One-Night-Stands und hielt es für das Selbstverständlichste der Welt, morgens bei dem einen aufzuwachen und mich abends mit einen anderen zu treffen. Meine Schwäche galt den Langhaarigen und das hat sich erst mit dreißig geändert. Ich fühlte mich frei und wollte mich nicht abhängig machen von der Gunst eines Einzelnen. Obgleich ich mir eine innige Beziehung gewünscht hatte, kamen nur Männer meines Weges, die das Abenteuer suchten. Ich wollte einfach die Zeit genießen, bis der Ernst des Lebens mit dem Studium wieder losgehen würde.

Die letzte intensive und wegweisende Beziehung in Oldenburg hatte ich mit Wolf, der mit siebenundzwanzig deutlich reifer war als ich und bereits in Freiburg chinesische Heilverfahren studiert hatte. Von ihm lernte ich, was grüner Tee ist und wie man diesen zubereitet. Seine Frage lautete stets, ob ich einen anregenden oder eher beruhigenden Tee wünschte. Danach richtete sich nämlich die Temperatur des gekochten Wassers sowie die Zeit, die er zog. Ich bekam einen Schlüssel zu seiner Wohnung, die ich aufsuchte, auch wenn er nicht zuhause war. Es sah dort aus wie eine Räuberhöhle, was mich nicht störte, da ich nur eines im Sinn hatte, und zwar in dem Buch weiterzulesen, das mich fesselte. In dem Buch „Gespräche mit Seth“ erhielt die Autorin Jane Roberts von der nicht körperlichen Wesenheit Seth Botschaften über die ewige Gültigkeit der Seele. Das war für mich die Tür in eine neue Dimension. Die Antwort auf meine Fragen, die ich in meiner Jugend an einen erhofften Gott gerichtet hatte. Nun war klar, dass es eine geistige Welt mit Verbündeten gab, die weit über unseren menschlichen Verstand hinausgingen. Ich fühlte mich begleitet und beschützt von da an. Es war die Antwort auf mein Sehnen, dass es doch etwas Größeres geben müsse als dieser kleine Horizont, den ich bisher hatte. Mit zwanzig erlebte ich also einen weiteren großen Schritt in meine Spiritualität. Von da an wurde dieses Thema immer wichtiger.

Als Heimkind hatte Wolf einen schweren Start ins Leben. Er war traumatisiert vom Heimleben. Er konnte meine Zuneigung nicht erwidern, bemühte sich jedoch auf seine Art, lieb zu mir zu sein. Er nannte mich TAGH, was für „Tochter aus gutem Hause“ stand. Das Bild, was er von mir hatte, konnte ich bei aller Anstrengung nicht verändern, denn verglichen mit seinem Horizont war ich tatsächlich naiv. Das Sprichwort mit dem Waisenknaben traf auf ihn nicht zu. Er war mit allen Wassern gewaschen. Etwas in mir wollte ihn heile machen. Ein Teil in mir stand auf “böse Jungs”. Sie taten mir leid und ich wollte sie retten. Das Muster entstand wohl in der Kindheit, als ich meinen Bruder so oft retten wollte.

# 6.
# Wilde
# Zeiten
# In
# Würzburg

Die Idee, zur Würzburger Dolmetscherschule zu gehen, kam von Julia, die ich nach dem Abi kennen gelernt hatte. Ihre Schwester Susanne war in meinem Jahrgang. Mit Julia hatte ich die erste sehr innige Frauen-Freundschaft, die mich nachhaltig geprägt hat. Sie war direkt, unverblümt, feministisch und burschikos. Sie brachte das Thema Frauenliebe erstmalig in mein Bewusstsein. Für alles aufgeschlossen, ließ ich sie sogar gewähren, mich zu verführen. Allerdings blieb es ein Versuch mit mäßigem Erfolg, was wohl auch daran lag, dass sie nicht mein Typ war. Jedoch habe ich noch nie ein tiefgehendes erotisches Empfinden für Frauen gehabt. Eher wäre es zu bezeichnen als ein freundschaftliches Gefährtinnen-Bündnis. Mit Julia lernte ich vor allem, dass ich zu Frauen eine innige Bindung aufbauen kann und dafür bin ich ihr dankbar. Mein Mama lehrte mich, dass Frauen mißgünstig sind und man ihnen nicht trauen könne. Das war ihre eigene Erfahrung und ich konnte das zum Glück erkennen und für mich anders entscheiden.

Um in Würzburg eine Bleibe für mich zu finden, unternahmen Mom und ich einen Kurztrip in die Stadt und stiegen im Dorint Hotel ab. Es wurde eine Zwischenmiete in einem Studentenwohnheim. In dem neun Quadratmeter großen Zimmer konnte man einen Schritt zwischen einer Bett-Pritsche, einem Kleiderschrank und einem Schreibtisch machen. Es war also für Lernmaschinen konzipiert. Ich fühlte mich wie eine Ratte im Käfig. Dem lieben Gott ist es zu verdanken, dass ich mich nicht wegen Depression aus dem Fenster stürzte. Einziger Lichtblick war ein Partykeller irgendwo im Nachbarhaus, wo man andere Studenten kennenlernen konnte. Ein Medizinstudent namens Martin nahm sich meiner an. Bemerkenswert, mit welch langsamer Achtsamkeit er sprach und sich die Hände wusch. Ich war überzeugt, er würde ein guter Arzt werden, aber ich hielt seine Langsamkeit nicht lange aus. Damals bewegte ich mich wohl noch in einem anderen Zeitkontinuum. Seinen langhaarigen Freund Robert fand ich letztlich viel spannender, obwohl eine gemeinsame Nacht auf meinem neunzig Zentimeter breiten Bett die Erotik nicht gerade fördert. Seine Wohnung über dem Berg war hingegen wunderschön. Ich liebte die alten Möbel und die goldenen Tapeten darin. Ich entdeckte meine Schwäche für Bohemians, die eine ganze Dekade anhielt. In meinem vorherigen Leben war ich mit Sicherheit ein Hippie, so sehr fühlte sich mein Herz nach Geborgenheit an.

Da war er wieder – der Hang zu Männern, die zwar spannend waren, mir langfristig jedoch nicht gut taten. Langsam dämmert mir, dass ich mir einfach keinen Gefallen tun wollte damals. Da war ein Drang, anders zu sein. Normalität und Konvention schienen meine Feinde zu sein.

Mit Julia zog ich um die Häuser Würzburgs. Unsere Auftritte erregten Aufsehen. Zusammen hatten wir eine magische Ausstrahlung. Sie als blonde, kurzhaarige, herbe Ungezähmte und ich als brünetter, langhaariger Vamp. Man unterstellte uns vielfach eine lesbische Beziehung und wir taten wenig, um die Fantasierenden vom Gegenteil zu überzeugen. Wir lebten nach dem Motto: der Feind ist die Konvention.

Im Café Kult saß Julia eines Tages mit Karl, den sie schon länger flüchtig kannte, als ich hinein kam und mich sofort in ihn verliebte. Ein androgyner, geschmeidiger Mann mit weißen langen Locken. Er war vierzehn Jahre älter als ich. Wir drei landeten zusammen im Bett, ohne etwas Anstößiges zu denken, geschweige denn zu tun. Er hatte einfach nur an jeder Seite eine von uns schlafen und am nächsten Morgen war klar, dass ich wohl besser zu ihm passen würde. Wir wurden ein Paar und ich lernte viel von ihm. Unsere Themen waren Spiritualität, Astrologie, Enthaltsamkeit, und Ernährung. Das mit der Enthaltsamkeit nahm er etwas zu ernst für meinen Geschmack. Er las die Bhagavad Gita und hatte sie so verstanden, dass Sex ein niedriger Ausdruck von Spiritualität war. Abgesehen von diesem und ein paar anderen Spleens mochte ich ihn sehr gern. Wie gut es mir doch tat, von ihm gezeigt zu bekommen, wie man köstliches Essen zubereitet! Er kaufte im Bioladen. Mein Lieblingsgericht war Spaghetti mit roter Beete und Hefeflocken. Er war sehr selbstbewusst und das inspirierte mich.

Einmal kamen meine Eltern spontan aus Oldenburg zu Besuch und sie mochten ihn auf Anhieb so gern, dass wir noch am Abend entschieden, etwas Verrücktes miteinander zu unternehmen. Mein Vater sagte: " Ich habe Lust auf eine gegrillte Lachsforelle in Malcesine!". Bei dem Gedanken kam meinen Eltern der Duft des gebratenen Fisches in die Nase und wir rollten los zum Garda See. Am nächsten Morgen kamen wir dort an und am Abend wurde selbstverständlich der beste Fisch Italiens verspeist.
Karl kannte auch das Buch „Gespräche mit Seth" und so tauschten wir uns darüber aus. Da er ja wie gesagt auch davon überzeugt war, enthaltsam zu leben, was den Bedürfnissen meiner Lebensphase nicht grade entsprach, dauerte unsere Liebschaft nur wenige Monate. Er nahm mich eines Tages mit zu seinen Freunden nach Thüngersheim, einem Weindorf sechzehn Kilometer nördlich von Würzburg. Es hieß: "Wir fahren zu Sanyassins". Karl hätte mir alles erzählen können. Ich hatte ja keine Ahnung, was Sanyassins sind.
Als wir nun am Zehnthof ankamen, lag einer von den zwei Sanyassins unter seinem Auto, um es zu reparieren. Die Motorhaube des Nissans war mit einer wunderschönen Zeichnung von zwei Fischen versehen. Als Satya, wie er kurz genannt wurde, unter dem Auto hervorkam, durchfuhr mich die Erinnerung an einen Mann, den ich kurz zuvor im Zauberberg, der hiesigen Disko, auf der Tanzfläche wahrscheinlich mit offenem Mund fasziniert bestaunt hatte. Er hatte so außergewöhnlich, nämlich langsam und beflügelt mit erhobenen Händen, getanzt, dass ich dachte, er sei von einem anderen Planeten. Er bewegte sich offensichtlich zu etwas Anderem als zu der Musik, die gerade lief. Mein Unterbewusstsein signalisierte mir, dass ich ihn kennenlernen möchte….
Et voilà - da lag dieser Mann nun vor mir unter seinem Auto. Als er darunter hervorkam, schaute er mich mit seinen großen, braunen Augen an, so dass ich gar nicht mehr wegschauen konnte. Es ereignete sich, dass er eine Flasche eines Gesöffes von irgendwo hervor zauberte, welche er mit zu Avataran, dem anderen Sanyassin, brachte. In Wahrheit suchte er einfach eine Gelegenheit, mir nahe zu sein. Wir schauten uns an und die Welt um uns herum versank. Es war ein Wiedererkennen. Danach wurden Karl und ich von Satya eingeladen,

mit ihm den Sonnenuntergang auf dem Berg zu betrachten. Dort angekommen, gaben sich die beiden Männer nun ein Duell aus Tai Chi. Dabei standen sie auf einem Bein und machte absonderliche, dennoch langsame Bewegungen. Der Gewinner sollte sich von da an um meine Gunst bemühen. Auf mysteriöse Weise wurde dadurch mein Schicksal besiegelt. Ohne dass ich so recht wusste, was das alles bedeutete, wehrte ich mich allerdings auch nicht ernsthaft. Mir war nämlich klar, dass ich Satya höchst bemerkenswert fand.
Langsam dämmerte mir, was für Menschen Sanyassins waren. Sie waren wohl irgendwie nicht von dieser Welt. Sie hatten einen Geschmack vom Göttlichen.
Ich lernte, dass Sanyassins Schüler des Mystikers Osho waren. Osho hatte zwei Jahre vorher seinen Körper verlassen. Für mich als Normalsterbliche hieß das: er war verstorben. Von all dem hatte ich zu dem Zeitpunkt noch nie etwas gehört, was mich umso neugieriger machte.
Diese zwei Bewohner des Zehnthofes waren aus einer Wohngemeinschaft übrig geblieben, in die diverse Frauen und Kinder aufgenommen wurden, jedoch inzwischen ausgezogen waren.

Da Karl wie erwähnt an keiner konventionellen Beziehung interessiert war – jedenfalls nicht mit mir – fiel es ihm nicht schwer, mich davon zu überzeugen, dass sich Satya viel besser eignen würde. Für mich, die ich nichts zu verlieren hatte, war es einen Versuch wert. Auch Satya wurde von seiner besten Freundin Andrea davon überzeugt, sein Eremitendasein nochmals zu überdenken, und in meine Arme geschubst. Meine Faszination für diesen Menschen wuchs mit jedem Tag, den wir miteinander verbrachten. Er war mir vertraut, als hätten wir uns immer gekannt. Daraus erwuchs eine der wichtigsten Liebesbeziehungen meines Lebens.
Zunächst aber hatten wir nur acht Tage, um uns näher zu kommen, da er danach in den Flieger nach Indien einsteigen würde, um im Osho Ashram fünf Wochen in Meditation zu verbringen. Es war eine verrückte Zeit. Ständig sprang er in die Luft, schmiss sich auf den Boden oder machte Dinge, die ich nie zuvor erlebt hatte. Dann war er weg, jedoch nicht ohne mir den Schlüssel zu seiner Wohnung im

Zehnthof zu überlassen. Darin war ein leerer, weißer Raum, an der Wand darin ein großes Bild von Osho und eine Stereo-Anlage. Ich tauchte ein in die Musik, in die Meditation und in die Augen von Osho.

Eine Mitschülerin der Würzburger Dolmetscherschule, mit der ich mich angefreundet hatte, bemerkte meine Sehnsucht nach Satya. Mein Herz hüpfte, als Angelika mich fragte: " Wollen wir nicht gemeinsam nach Indien reisen?" Innerhalb von drei Tagen hatten wir unsere Flüge gebucht und das Visum persönlich in Bonn besorgt. Ich ließ mich aus Unkenntnis von einem Arzt überreden, sämtliche Impfungen und Malariaprophylaxe über mich ergehen lassen, von denen ich sehr krank wurde. Aber dadurch wollte ich mich nicht von der Reise abbringen lassen. Ich lieh mir genügend Geld und los ging es.

# 7.
# Poona Ashram ein neues Zuhause

Den Ashram habe ich sofort zu meinem echten Zuhause auserkoren. Obwohl ich manche Regeln und Menschen vor Ort überflüssig fand, haben mich die Musik, die Gärten, dic Atmosphäre, der Spirit dieses Ortes tief berührt. Warum konnte nicht die ganze restliche Welt genauso schön sein? Der hochschwingende Spirit von Osho war deutlich wahrzunehmen.
Der Ashram gehört zu den schönsten Orten, die ich meinem Leben besucht habe. Es gibt dort unendlich viel Grün, dazwischen Spazierwege aus weißem Marmor und vor allem Menschen, die zumeist entspannt und gelassen wirken. Ebenso gibt es ein vielfältiges Angebot an modernsten Therapieformen, Bewusstseinstrainings, Yoga, Körperarbeit, Kampfkünste, Sport, Kunst, Musik und natürlich alle von Osho entwickelten Meditationstechniken. Man konnte sich in der sogenannten Multiversity beraten lassen, wenn man sich für etwas Bestimmtes interessierte oder es bestimmte Probleme gab. Man bekam auf diese Weise individuelle Empfehlung für Kurse oder Sessions.

Satya verließ seine Vipassana Meditations-Gruppe und damit auch seine Stille mit unserer Ankunft und zeigte uns den Ashram. Im Hotelzimmer angekommen, entdeckte ich, dass die ganze Nachttisch-Schublade voller Kondome war. Auf meine Frage hin, wozu man die denn in einer Vipassana Meditation benötige, entgegnete Satya nur trocken: "An diesem Ort weiß man nie was passiert. Alles ist möglich und die Menschen, die ihn besuchen, sind für alles offen." Natürlich war ich erst einmal geschockt darüber, weil ich in meinen alten Konzepten hing. Gleichzeitig wollte ich mehr erfahren über jenen Ort, an dem alles geschehen könne. Gewiss hatte Satya nicht beabsichtigt, Orgien zu feiern.
In Hotelzimmer versteckte ich bei meiner Ankunft meinen Tausendmarkschein, den ich bis dahin in meiner Unterhose klebend bei mir getragen hatte. Man hatte die schlimmsten Schauergeschichten über Indien gehört. Ich versteckte ihn also in einem Strumpf ganz hinten im Kleiderschrank. Da ich erst nach dem Einchecken im Ashram einen Safe bekommen sollte, musste mein Geld ja irgendwie gesichert werden. Dann gingen wir erst einmal in ein Restaurant und als wir

zurückkamen, war das Geld gestohlen. Ich war geschockt, obwohl mir Satya ohne mit der Wimper zu zucken, versicherte, dass er genug Geld dabei hätte, um mich durchzufüttern. Es war meine erste Lektion im Loslassen der Anhaftung ans Materielle.

Satya und ich entschieden uns für eine gemeinsame Za-Zen Gruppe, in der wir eine Woche im Walkway, ein mit Glas überdachter Gang in Oshos Garten, meditieren konnten. Mich zog es mit Leichtigkeit und Freude auf ganz natürliche Weise in meine Meditation. Ich wollte gar nichts Intellektuelles darüber erfahren, sondern mich einfach nur daran erfreuen, mit mir glücklich zu sein und den prachtvollen Garten zu betrachten. Was konnte es Sinnvolleres geben als in einem Zustand von Frieden und Harmonie zu sein. In diesem ALL-EINS-SEIN waren mir die Kondome in der Kommode, das gestohlene Geld und auch sonst alle Grausamkeiten der Welt egal. Ich war endlich Zuhause angekommen. In meiner Mitte, die unantastbar, sogar unzerstörbar war. Tiefe Dankbarkeit erfüllte mich. Zuversicht darüber, dass mein Leben, meine Seele gerettet war und dass ich nie wieder in den leidvollen Zustand des Verlorenseins oder der Einsamkeit geraten würde, den ich so gut kannte. Falls du nun denkst, dass dies eine Abkehr von der Welt sei, so möchte ich dir sagen, dass nachgewiesenermaßen glückliche und innerlich starke Menschen mehr Frieden in unsere Welt hinein strahlen und ihn bewirken als unzufriedene und unbewusst Handelnde, die Ihren Wert und Ihre Stärke nicht kennen.
In jenen Tagen in Indien hatte ich den bisher intensivsten Traum überhaupt. Während ich schlief, lag mein Kopf an Satyas Kopf. Im Traum erschien mir eine menschlich anmutende Wesenheit, die mir sehr ausführlich erzählte, was das Fabelhafte an Atlantis war, aber vor allem, warum es untergegangen war. Diese Geschichte nahm ich mit ins Wachbewusstsein und erzählte sie Satya, der interessiert lauschte. Offensichtlich war ich in Atlantis inkarniert – als alte Seele nicht weiter verwunderlich – und dieses Wesen wollte mich daran erinnern. Diesen Schatz hüte ich in meinem Herzen.

Ich werde gewiss noch mehr Wissen über Atlantis einholen, doch die Essenz der Traumbotschaft besteht darin, dass in jener Hochkultur noch nicht genug Bewusstsein und Mitgefühl gewirkt haben und sie deshalb trotz großer technischer Errungenschaften unterging. Diese Erkenntnis sollten wir uns in unserer Zeit heute auch vor Augen halten.

Ich liebte die indische Musik im Ashram. Manchmal wurde abends ein Kirtan gespielt. Da singen Inder traditionelle Lieder, Mantren genannt, in der alten, heiligen Sprache Sanskrit und musizieren auf indischen Instrumenten. Diese Musik verankerte sich in mein Bewusstsein und wurde Teil meiner Glücksformel. Als ich fast zwanzig Jahre später nach langer Abstinenz wieder in den Ashram kam, gab es diese Qualität der Musik nicht mehr. Ich erlebte sie noch ein letztes Mal außerhalb des Ashrams in der Stadthalle am Koregoan Park an Oshos Himmelfahrtstag, der dort von Indern mit Kirtan gefeiert wurde. Tief berührt weinte ich Rotz und Wasser vor Freude. Meine Seele war gesegnet mit großer Dankbarkeit und mein Körper schluchzte und zitterte. Einer anderen Frau ging es genauso und wir waren uns einig, dass dies die wahre Ashram-Musik sei und das Meditation Resort, wie es nun genannt wurde, nicht mehr „unser Ashram“ sei.

Gehen wir also lieber wieder zurück zum ersten Aufenthalt im Ashram, wo ich eine neue Welt entdeckte. Eine Welt der Selbsterfahrung und Persönlichkeitsentwicklung. Bei Ma Ambhu einer südamerikanischen Heilerin im Ashram, nahm ich eine Rückführungs-Sitzung. Mich interessierten meine früheren Leben. Die Sitzung war überaus spannend. Noch bevor sie sagte, in welchem Chakra sie gerade etwas wahrnahm, fühlte ich schon die Energie dorthin strömen. Ein starkes Bild, dass ich erinnere war das eines Kriegers - eines Samurais. Ich erwähnte vielleicht schon, dass mein Animus, meine männliche Seite stark ausgeprägt ist. Mir sagte einmal eine Tantrikerin, dass sie es faszinierend fände, dass mein Äußeres so weiblich sei, während mein Inneres sich so männlich offenbare. Wobei ich dazu sagen kann, dass ich meine Anima später noch mehr zum Leben erwecken konnte. Ich glaube, der Animus diente lange Zeit dem Überleben. Bis in meine Vierziger war er noch aktiv und ich war jederzeit zum Kampf bereit. Ich wähnte hinter jedem Baum einen Feind, der mich angreifen könnte. Mit zunehmender Herzöffnung legte ich immer mehr meiner Rüstung ab. Dazu später mehr.

Im Ashram war also mein Herz zu Hause angekommen.
Meine Eltern in Deutschland hatten große Sorge, dass ich nun in die Fänge einer Sekte geraten sei. Sie glaubten den Medien, deren Journalisten in der Regel keine echten persönlichen Erfahrungen gemacht hatten. Einer, der es wirklich wissen wollte, war zum Beispiel der Stern-Reporter Jörg Andrees Elten, der in den Ashram ging, um einen kritischen Bericht zu verfassen, dann jedoch persönlich so sehr eingetaucht ist, dass er ein Schüler von Osho wurde und das Buch „Ganz entspannt im Hier und Jetzt" geschrieben hat.
Egal was man über Osho für Geschichten erzählte, mich interessierte nur wenig, wieviel "Wahrheit" daran war. Wahrheit ist ein dehnbarer Begriff. Wenn jemand denkt, er würde die Wahrheit kennen, täuscht er sich meistens. Jeder Mensch erschafft durch seine individuelle Sichtweise seine eigene Wirklichkeit. Ich wollte meine eigenen Erfahrungen machen. Ich wollte die Wirkung Oshos Botschaft und die Ausstrahlung seines Wesens direkt spüren und prüfen, was ich davon für mich umsetzen und integrieren konnte.
Zuerst hat mich die Vehemenz, mit der er manchmal sprach, etwas erschreckt. Was ich noch befremdlicher fand, war das Verhalten seiner Schüler. Dass tausend weiß gekleidete Menschen ausgelassen zur Musik tanzen und beim Höhepunkt der Musik die Arme heben und laut Osho rufen, kann man mit dem Verstand nicht begreifen. Wenn man so etwas von außen beobachtet, scheint es verrückt zu sein, wenn man allerdings einfach mitmacht und sich dem Geschehen hingibt, wirkt es transformativ.
Sicherlich liegt es an meinem Charakter, dass mir jegliches devotes Verhalten von manchen Sanyassins bis heute fremd ist. Die Entscheidung, dass Eltern ihre Kinder nach England ins Internat geschickt haben, damit sie ihr spirituelles Wachstum nicht störten, kann ich nicht nachvollziehen.

Ein paar dieser Kinder habe ich kennengelernt und sie fanden das für ihre eigene Entwicklung nicht gerade zuträglich. Das gleiche gilt für die Leute, die in Kommunen einzogen, ihr Geld dem hiesigen Hilfsguru gegeben haben und sich somit in eine Abhängigkeit begeben haben. Sie widmeten damit ihr Leben und vor allem ihre Arbeitskraft in voller Hingabe der Gemeinschaft - was eigentlich eine wunderbare Absicht ist.
Da dieses Buch vom Erschaffen einer neuen Welt - eines Paradieses - handelt, möchte ich die Voraussetzungen dafür folgendermaßen beschreiben: Ich denke, wenn alle in einer Gemeinschaft selbstlos und bewusst handeln würden, könnte das vielleicht funktionieren. Dazu sollte jedoch erst einmal ein Bewusstsein da sein für die Mechanismen des Egos. Menschen sollten bei sich selbst aufgeräumt haben und ihr Ego erlöst haben, bevor sie in eine Gemeinschaft gehen. Zumindest sollten in der Gemeinschaft die Möglichkeit haben, sich dieser Lernprozesse zu widmen.
Was ich bisher in den Gemeinschaften beobachte, die ich gesehen habe, ist dass nicht meditiert wird, sondern die ganze Zeit gearbeitet wird, ohne dass man seine eigenen Probleme bearbeiten kann, weil dafür keine Zeit ist. Ich glaube eine sinnvolle Reihenfolge wäre: Meditation - Bewusstseinsarbeit - Selbstwirksamkeit - Arbeit/ Wirken in der Welt/Gemeinschaft. Oshos Vision des neuen Menschen war, dass er alles, was er tut, auf meditative Weise tut. Heute würde man sagen, dass er es mit "Achtsamkeit" tut.
Solange der Mensch nicht an dem Punkt maximaler Bewusstheit angelangt ist, ist ein friedliches Zusammenleben utopisch und im schlimmsten Fall eine tickende Zeitbombe. Bestes Beispiel dafür ist die Osho Kommune in Oregon. Was am Anfang so schön war, nämlich aus einer Wüste eine Oase zu machen, endete mit allzu menschlichen Machtspielen, bei denen nicht nur Osho selbst zu Schaden kam. In der Aufbauphase wurde dort viel gearbeitet und zu wenig meditiert.
Mittlerweile habe ich für mich entschieden, dass ich mich keinem kollektiven Konsens oder einer Gruppe anschließen werde, und sei sie noch so klein oder temporär. Denn nach meiner Beobachtung büßt ein Mensch ein mehr oder weniger großes Stück seiner Indivi-

dualität und damit seiner Intelligenz ein, wenn er nicht sein eigenes Herz nach Stimmigkeit überprüft und sich stattdessen einer Gruppe unterordnet, sei es aus Bequemlichkeit oder einfach, um dazugehören zu wollen.
Der Ashram offenbarte mir einen Geschmack vom Paradies. Er hatte immens viel Potenzial und kleine Defizite mit Verbesserungsbedarf. Das darf ja auch sein. Wenn alles schon perfekt wäre, hätten wir wohl auch nichts mehr zu lernen.
Wieder zurück in Würzburg organisierte ich im Café Punktum, einem Frauentreff in der City, Abende, an denen ich den Frauen etwas über Meditation erzählte und wir diese natürlich auch praktizierten.
Ich war inspiriert. So veranstaltete ich mit Freundinnen Mond-Rituale nach Luisa Francia. Einmal trafen wir uns spät abends an einem See und zelebrierten ein Reinigungsritual mit Feuer und Kerzen-Schiffchen auf dem See. Zum Glück gab es keine Inquisition mehr. Nur einen sehr interessierten jungen Mann, der unbedingt wissen wollte, warum wir nackt ums Feuer tanzten, hörte sich geduldig an, was wir ihm dazu erzählten und ging dann wieder zu seiner Party auf der anderen Seite des Sees.

Wenig später, nachdem wir aus Indien zurück waren, zog ich zu Satya nach Thüngersheim. Weißt du, dass wenn man in Bayern in ein Dorf zieht, in dem man nicht geboren wurde, das sehr mutig ist? Das wurde mir bewusst, als ich das erste Mal in den Laden gegenüber ging und man mich nicht grüßte, weil man mich ja schließlich nicht kannte. Es war das einzige Geschäft im Dorf. Ich betrat es auch nur dieses eine Mal, weil mir irgendein Lebensmittel ausgegangen war. Irgendwann gab es vor dem Zehnthof ein Weinfest, wo Biertische und -bänke aufgestellt waren. Meine Eltern und mein Bruder waren zu Besuch und wir wagten einen Vorstoß auf das Weinfest. Hinter Satya saß so ein Stiernacken auf dem Weg zur Volltrunkenheit und suchte vermehrt Körperkontakt zu Satya. Nachdem Satya ihm elaboriert zu verstehen gab, dass er dies nicht wünschte, kam von dem Kerl ungefähr so etwas wie „Geh nach Hause, Russe“.

Wir alle schauten uns entsetzt an, was meinen Vater dazu veranlasste, den Mann, der etwa dreimal so schwer war wie er selbst, beim Schlawittchen zu packen, natürlich in der Absicht ihn aufzufordern, sich zu entschuldigen. Man hatte die Grobheit der ansässigen Bevölkerung unterschätzt, denn innerhalb des Bruchteils einer Sekunde flogen Tische, Stühle und leider auch mein Vater und mein Bruder durch die Gegend. Diese Schöngeister zogen natürlich den Kürzeren, allein weil es ihnen an Körpermasse fehlte. Nach ihrer eigenen Einschätzung haben sie es den Jungs natürlich so richtig gezeigt. Für mich jedenfalls war es das Signal, schnell wieder aus dem Dorf weg zu ziehen.
Wir bezogen eine Altbauwohnung in der Innenstadt von Würzburg, direkt beim Café Cult um die Ecke. Unten drunter gab es einen Bioladen, wo man freundlich bedient wurde. Endlich wieder in der Zivilisation angekommen, bekamen wir auch wieder Besuch von Freunden. Es war eine tolle Zeit mit Satya. Damals wusste ich noch nicht, dass die Beziehung mit ihm zu den glücklichsten meines Lebens zählen sollte. Die Messlatte war also hoch angesetzt und deshalb verstehe ich heute umso weniger, warum ich mich seitdem so oft mit weniger zufrieden gegeben hatte.

Nachdem wir ein Jahr zusammen waren, fuhren wir nochmals nach Poona in den Ashram. Ich wollte noch tiefer in den spirituellen Weg eintauchen und ließ mir per Channeling einen neuen Namen geben. Da Osho selbst ja nicht mehr in Körperform vor Ort war, wurden die Sanskrit Namen durch ein Medium, dass mit Oshos Geist in Kontakt stand, gechannelt. Ich bekam den Namen “Prem Suvasini”, was “Duft der Liebe” bedeutet, und nannte mich seitdem in der Kurzform “Suva”. Dieser Name sollte mich von nun an an meinen spirituellen Weg erinnern.

# 8. Die Suche geht weiter

Irgendwann nach zweieinhalb Jahren schlief etwas in unserer Partnerschaft ein und ich hatte dann auf einmal Lust, andere Männer zu treffen. Auf einmal war die Welt außerhalb unserer kleinen Zweier-Idylle viel interessanter. Mein Charisma verhalf mir dabei, interessante Männer kennenzulernen, ungeachtet der Tatsache, ob sie auf mein Wohl aus waren so wie Satya. Ich stand in meinen Zwanzigern auf langhaarige Wilde, da ich ja der Überzeugung war, direkt aus Woodstock inkarniert zu sein. So einen lernte ich dann auch im Zauberberg kennen. Nachdem wir zweimal miteinander tanzen waren, dachte ich, der Typ sei in Ordnung. So kam es, dass ich ein paar Tage später leichten Herzens mit ihm nach Montpellier fuhr. Schon auf der endlosen Autofahrt dämmerte es mir, dass der Gute geisteskrank war – was er vorher wohl gut verborgen hatte. Er holte ein Messer unter seinem Auto-Sitz hervor, um mir Angst einzujagen, und das führte er während der gesamten vier Tage in Südfrankreich fort. Er hatte angeblich kein Geld dabei und seine Kreditkarte war „auf einmal" gesperrt. So musste ich seinen fetten Benz betanken und für unser Essen aufkommen. Selbstverständlich habe ich oft überlegt, wie ich ihm entkommen konnte, doch ich kam auf keine gute Idee. Es gab Momente, da spürte ich Todesangst. Auf diese Weise kam ich mit meiner inneren Führung in Kontakt, und diese innere Stimme beruhigte mich. Etwas in mir wusste, dass ich beschützt bin. Ich glaubte fest daran, dass dieser Mann mir nichts antun würde, auch wenn er es androhte. Vielleicht war er ja im früheren Leben ein Inquisitor im Mittelalter, dem ich vergeben musste, um ihn zu erlösen. Von diesen Dingen wusste ich zu dem Zeitpunkt noch nichts und so konnte ich mich nur mit meiner Intuition verbinden. Und wie man sieht, habe ich diese Reise ja überlebt.

Durch Satya lernte ich in Würzburg eine Menge Sanyassins kennen. Da war Ajita, die etwas später als wir nach Köln zog. Sie war Ärztin und starb mit zweiundvierzig während eines Meditationsretreats an einem Herzinfarkt. Sie hatte die ausgefallenste Lache, die ich je gehört habe. Sie war 1992 bei meiner Sanyass-Einweihung dabei und schenkte mir zu dem Anlass eine Kette aus Jasminblüten, deren betörender Duft tagelang meinen Raum erfüllte und sie schenkte mir auch eine Kette aus Bergkristall-Kugeln, die ich heute noch trage. Da war Devesha mit ihren Kindern. Mit zweien davon habe ich viel Zeit verbracht. Die Begegnungen mit Shunya waren immer etwas Besonders. Er hatte so viel Eros und rebellischen Geist. Salom ist bis heute eine Weggefährtin für mich. Wir waren einmal zusammen in Indien und haben eine heilvolle Zeit im Ashram verbracht. Die ganze Familie ist nacheinander nach Berlin gezogen.

Dann gab es da noch eine Bekannte von uns, die zwei Partner hatte. Sie hätte es vielleicht nicht als Polyamorie bezeichnet, doch lagen ihr beide gleichermaßen am Herzen. Der eine davon hatte es auch auf mich abgesehen. Ein großer, muskulöser Mann mit blonden langen Haaren. Und so verbrachten wir einen Abend im Theater und lauschten den erotischen Geschichten aus 1001 Nacht von Scheherazade. Das Dumme war nur, dass er mir vorher im Auto einen Zug von seinem Joint anbot, was dazu führte, dass ich keinem Wort von Scheherazade folgen konnte, da die grüne Pflanze zu verwirrende Auswirkung auf meinen Geist hat. So merkte ich es auch nicht, dass er die Gelegenheit, mich in dem Zustand im Auto zu küssen auch nicht ausließ. Die ganze Szene war skurril. Naiv, wie ich war, dachte ich danach, dass er wohl in mich verliebt sein müsse. Also rief ich die polyamore Frau an, um sie um Erlaubnis zu bitten, mit einem ihrer Freunde eine Nacht verbringen zu dürfen. Das hielt ich für eine integre Verhaltensweise gegenüber Menschen, die ja so großzügig mit ihrer Liebe umgehen. Gesagt getan, Spaß gehabt, doch danach war das Gejammer groß. Von den Jungs und Mädels habe ich nach dem Gejammer nie wieder gehört und das ist wohl auch gut so.

Wie es immer bei mir der Fall war, waren meine Zeiten als Single die Wildesten, so auch diese. Ich zog bei Satya aus, und zwar direkt in eine Lesben-Wohngemeinschaft. Zwei davon waren ein Paar mit zwei Katzen, die genauso neurotisch waren wie ihre Frauchen. Die eine war klein und dick und die andere groß und dünn. Die große Brillenträgerin hatte Alkohol-Probleme, was zu sämtlichen verbalen Entgleisungen führte.

Die sexistischen Anmachen hätte ich noch weggesteckt, aber die widerlichen Hasstiraden aus ihrem Zimmer, als ich Männerbesuch hatte, gingen zu weit. Sie wollte mich darüber aufklären, dass diese Wohnung doch wohl kein Sozialamt sei.
Ich musste mir also kurz später schon wieder eine neue Bleibe suchen. Zum Glück gab es im Denklerblock nebenan noch ein WG Zimmer – eine Dreier-WG mit zwei Männern, die mich gern nahmen. Der Nachteil an Hetero-Männern ist zweifellos, dass sie nicht ordentlich saubermachen. Das nahm ich gern in Kauf. Zu dem Zeitpunkt entspannte es mich ungemein, wenn nicht ständig jemand mich kontrollierte, ob ich alles sauber gemacht habe. Die Küchentapete war über und über mit Sprüchen vollgekritzelt. Einer der Guys hörte in Endlosschleife die CD „Dummy“ von Portishead. Vor kurzem habe ich mir die Scheibe geholt, um mich an alte Zeiten zu erinnern.
Diese Zeit war wahrlich wild. Die WG hatte eine Badewanne. Ich lud mir spontan telefonisch, während ich schon drin saß, hübsche Jungs zum gemeinsamen Baden ein. Und zwar wirklich nur zum Baden. Nun ja, vielleicht hat man sich danach noch gegenseitig eingecremt. Etwas Hautpflege muss ja sein. Als bekennender Musikfan musste ich natürlich auch die lautesten Partys feiern. Wenn die Cops dabei nicht von erbosten Nachbarn geschickt wurden, war das schon fast eine Beleidigung.
Was ich fast vergaß zu erwähnen, war, dass ich in Romanistik und Philosophie eingeschrieben war zu der Zeit. Obwohl ich einige Scheine machte und Vorlesungen besuchte, die im Grundstudium zu absolvieren waren, so war dies nicht der Fokus meiner Aufmerksamkeit. Das wirkliche Leben fand außerhalb der Uni statt.
Mit dreiundzwanzig lernte ich Did kennen, einen etwas verrückten Bass-Spieler, der auch in einer 3erWG lebte. Zu der Zeit hatten alle coolen Typen ein selbst gezimmertes Hochbett, weil die WG-Zimmer ansonsten zu klein waren. Man konnte also unter dem Bett noch ein Sofa oder einen Schrank platzieren. Wir waren verrückt genug, die dynamische Meditation nackt zu machen. Immerhin trugen wir Augenbinden, weil es ja schließlich nicht darauf ankam, im Außen etwas zu sehen, sondern auf das Körpergefühl. Es war eine leiden-

schaftliche Zeit, was so viel heißt wie „nicht grade entspannt". Später ging er nach Berlin auf die Schauspielschule und übt diesen Beruf auch heute noch aus.

Irgendwann zog Geli, die schon das erste Mal mit mir nach Indien zu Satya gefahren war, in meine WG. Der Portishead-Fan zog endlich aus. Wir hatten die Dolmetscherschule gemeinsam besucht und nun studierte sie noch BWL oben drauf. Dann kam später auch noch Baloo als neues WG-Mitglied dazu. Er war schon 30 und begann das Studium der Sozialpädagogik. Er war Trommler in der Band H-Milk, deren Konzerte ich seitdem mehrmals genießen konnte. Mit Sebastian, dem Gitarristen der Band, hatte ich eine musikalische-romantische Verbindung. Nachdem ich ihm einen Songtext geschrieben hatte und er ein Lied daraus machte, war es beim Vortragen des Songs um mich geschehen. Ich hörte von an die Musik-Kassette mit seinen Songs rauf und runter.
Zwischen Baloo und mir bahnte sich irgendwann auch eine Liebesgeschichte an, die mitunter richtig schön war. Bis zu dem Zeitpunkt, wo er zeitgleich mit mir nach Indien reiste, um mich im Ashram zu treffen. Er reiste mit einem Freund an, dem ich anfangs in meiner gemieteten Wohnung in Ashram-Nähe Unterschlupf gewährte. Dieser Freund blieb länger und wollte etwas von Osho lernen. Baloo hingegen reiste nach einem Tag wieder ab um Indien zu erkunden, weil er Nirman in der German Bakery gesehen hatte und merkte, dass er es mit ihm nicht aufnehmen konnte, wie er selbst sagte.

Nirman ist meine große Liebe in Indien. Als ich das dritte Mal in den Ashram fuhr, war ich allein. Jedoch nur bis zu dem Zeitpunkt, wo ich Nirman sah. Das war der zweite Tag nach meiner Ankunft. Zwischen uns funkte es sofort. Ein wunderschöner Inder in meinem Alter– nämlich vierundzwanzig - der so aussah wie Osho in jungen Jahren. Lange schwarze Locken und große intensive Augen, in die man hineinfallen konnte. Mit ihm fühlte ich mich wie eine Inderin und tauchte nun das erste Mal richtig in diese Kultur ein. Ich begann, die Inder im Ashram in mein Herz zu schließen.

Nirman lebte schon viele Jahre hier, arbeitete als Designer für die Osho Times, und hatte viele westliche Girl-Friends. Ohne dass ich darum gebeten hätte, waren die anderen von dem Moment an, wo wir zusammenkamen, abgeschrieben. Er hat instinktiv gemerkt, dass ich ein Alpha-Weibchen bin, dass niemals Teil eines Harems sein kann. Das Zusammensein mit ihm, was von gemeinsamer Stille geprägt war, hat sich in mein Herz geschrieben. Und obwohl diese tief empfundene Liebe und Seelenverwandtschaft über alle Zeit hinweg wirkt, so war unsere Liebesgeschichte damals zeitlich begrenzt. Wir waren zu jung, um eine gemeinsame Zukunft aufzubauen. Wir sollten beide noch so viel lernen. Heute ist er ein Yoga Guru und bringt auf seine Weise Licht in diese Welt.

Durch Nirman lernte ich die indische Kultur tiefer kennen. Ich tauchte bei jeder Gelegenheit immer tiefer ein in diese Welt. Wir feierten mit seinen indischen Freunden, machten Motorrad-Ausflüge zum See. Es war ein Stück Heimat und ich war sicher, dass ich vorher mindestens ein Leben hier bereits verbracht hatte. Ein weiteres Erlebnis bestätigte mir das: Einmal kam ein Inder nach der Abendmeditation zu mir, warf sich vor meine Füße und weinte ganz bitterlich. Er sagte, dass er soeben eine Eingebung gehabt hätte in seiner Meditation, dass wir im früheren Leben ein Paar gewesen waren, er die Frau und ich der Mann. Ich war anscheinend auch als Mann inkarniert. Mich hat das sehr berührt, obwohl die anderen Inder sich darüber lustig machten und sagten, dass so etwas eine beliebte Anmache gewesen sei. Das wiederum glaubte ich nicht, da wohl kaum eine Anmache ernsthaft darin bestehen könnte, sich so zu erniedrigen. Ist doch wohl nicht wirklich sexy, sich vor eine Frau zu werfen und zu weinen, oder? In dem Punkt konnte ich die indische Kultur jedenfalls nicht verstehen.

Im Ashram gab es immens viel zu entdecken und zu lernen. Ich fühlte mich eine Zeit lang ganz besonders vom Sufismus angezogen. Die Gedichte von Rumi beflügelten mich und vor allem der Tanz der Derwische. In der Buddha Halle wurde jeden Tag eine Stunde Whirling angeboten. Dabei dreht man sich zu rhythmischer Trommelmusik um die eigene Achse. Die Musik nimmt Fahrt auf und auch das Drehmoment. Dadurch gerät man in Trance und der Verstand meldet sich ab. Man fällt in sein Herz hinein, weil es nur noch das eigene Zentrum als beständige Größe gibt, da sich ja alles um einen herum dreht. Ich liebte diese Meditation so sehr, dass ich sie wochenlang jeden Tag eine Stunde zelebrierte und mir sogar einen kreisrunden Rock nähen ließ, damit ich mich besser drehen konnte. Nirman und ich verliebten uns, nachdem wir beide aus dem Whirling kamen.

Etwas weiteres, dass ich im Ashram gelernt habe, ist das Loslassen der Angst vor dem körperlichen Tod. Einmal hatte eine Verwandte von Osho ihren Körper verlassen und der Leichnam wurde in der Buddha Halle aufgebahrt. Er war über und über mit duftenden Blüten geschmückt. Wir saßen alle in Stille um ihn herum. Nach einer Zeit begannen ein paar Musiker live zu spielen und alle begannen zu singen und zu tanzen. Es entstand eine Prozession, die von Musik, Gesang und Tanz begleitet wurde und überaus ekstatisch war. Sie führte zu den Burning Ghats. So wird die Verbrennungsstätte am Fluss genannt. Nachdem die Prozession am Ghat angekommen war, wurde lange gefeiert und irgendwann die Bahre mit dem Leichnam angezündet. Es wurde mit einem Stab auf den Kopf des Leichnams geschlagen, damit die Seele nun hinausgehen würde, falls sie es bis dahin nicht geschafft hätte, sich vom Körper zu lösen.
Ich war tief berührt von diesem Erlebnis und es offenbarte mir, das jegliche Erfahrung im Körper einen Übergang darstellt und somit von Vergänglichkeit bestimmt ist. Das Anhaften an die materielle Welt hat in der westlichen Gesellschaft zu Leid geführt, weil wir alles daran setzen, das Leben des Körpers zu verlängern. Wir konsumieren, wir horten und wir wollen immer mehr besitzen, weil wir dadurch vergessen wollen, dass dieses Leben vergänglich ist. Wir halten fest am Körper, an der Materie. Wir schieben den körperlichen Tod beiseite, wir wollen ihm nicht ins Auge blicken. Dabei liegt darin ein immenser Schatz bereit. In der Erkenntnis der Vergänglichkeit liegt der Diamant der Unsterblichkeit der Seele. Der Materialismus hingegen fördert Gier, Neid und Ausbeutung.

Wenn der Mensch denkt, dass sein Körper und die Güter, die er ansammelt, das Einzige sind, dass er hat, versucht er dann leider auch, das alles krampfhaft festzuhalten. Das kann nur zu Unglück und Leid führen. In dem Punkt hat uns die indische Kultur zumindest in ihrem Ursprung Einiges voraus. Heutzutage setzen sie leider zunehmend auf Plastik und Kapitalismus.

Als Vertreter der deutschen Kultur war man übrigens in Indien gern gesehen. Sie verehren uns. Warum, ist mir nicht klar. Also lass uns wieder in Deutschland sein, genauer gesagt in Würzburg. Auf einer der wilden Partys dort lernte ich Marcell kennen. Wir stellten fest, dass unser Herz jeweils noch anderen Menschen gehörte – meines Nirman und seines Toni in Texas - was unserer Faszination füreinander jedoch keinen Abbruch tat, sondern sie eher noch beflügelte. Noch auf der Party begannen wir, zusammen zu tanzen und damit wuchs die Nähe zueinander. Noch in derselben Nacht kletterten wir über die Mauer des örtlichen Outdoor Swimmingpools in der Hoffnung, dass dort keine Überwachungskameras installiert waren. Im Mondschein schwebten unsere Körper durchs Wasser. Wir verbrachten Stunden und Tage zusammen in kreativem Austausch. Zwei Freigeister hatten sich gefunden. Wir machten Kunst und Musik zusammen. Er schrieb das Lied „Fragrance of Love" für mich, was die Übersetzung meines Sanskrit Namens ist. In seinem Buch beschreibt er, dass er von mir Meditation gelernt hat. Er hat sich von Anfang an für Spiritualität interessiert und hat seine Evolution immer weitergeführt, auch nachdem er irgendwann eine eigene Familie gründete. Heute ist er glücklich verheiratet und mit zwei wunderschönen Töchtern gesegnet.

In den neunziger Jahren flammte meine Sehnsucht, in den Ashram nach Poona zu gehen immer wieder auf. Ich war insgesamt sechs Mal dort für längere Zeiträume. Es war die glücklichste Zeit meines Lebens, obwohl auch viel Schmerz und Einsamkeit dabei war. Letztere waren wichtig für meine Entwicklung und sehr heilsam. Bei einem der Aufenthalte passierte immens viel. Ich lernte Diviam kennen, der aussah wie ein griechischer Gott, was natürlich auch andere

Frauen sahen. Es gab im Ashram immer Frauenüberschuss, so wie in spirituellen Kreisen überall. Da ihm also sämtliche Frauen zu Füßen lagen, fühlte ich mich geehrt, dass er mich auserwählte. Doch war unsere Liaison nicht von Dauer, da für ihn die Versuchung zu groß war. Er hatte aus obigem Grund keinen starken Charakter ausgebildet. Wir hatten einen Motorradunfall zusammen, bei dem uns ein Bus von hinten anfahren wollte, weil er hinter mir irgendeine Show abzog. Ich lenkte das Motorrad in spontaner Reaktion von der Straße weg, so dass wir ins Schlingern kamen und stürzten. Er kam mit einer Schürfwunde davon, während ich an vielen Stellen meines Körpers sehr schlimm verletzt war und wie sich später heraus-gestellte, mein kleiner Finger gebrochen war. In Indien möchte man nicht wirklich einen Unfall haben, weil es keine Krankenwagen gibt wie bei uns. Jedenfalls war das 1996 so. Ein anderer Motorradfahrer hat mich glücklicherweise auf seinem Rücksitz ins Krankenhaus gefahren. Ich weiß bis heute nicht, welcher Engel mich in der Situation festgehalten hat. Nach diesem Unfall hat der griechische Gott mich jedenfalls gnadenlos abserviert.

So hat mich ein Unfall die Lektion gelehrt, dass nicht alles Gold ist, was glänzt. Diese Art Lektionen gab es öfter in meinem Leben, bis ich verstand, dass ich auf mich aufpassen muss und meiner Intuition vertrauen darf, die mir deutliche Signale sendet, wenn ich ihr gut zuhöre.

Ein Lichtblick nach dem Unfall und der Heilung meines Körpers zuträglich war das Musical „Meet me in Maroon“, bei dem ich als Sängerin mitwirkte. Schon bei den Proben fiel mir ein lustiger Amerikaner auf, der ziemlich schlechte Augen hatte, weil er das Blatt immer direkt sehr nahe davor hielt. Sumiran hatte eine Hauptrolle im Stück und war wie viele Amerikaner sehr begabt im Schauspiel. Seine Sicht war eingeschränkt aufgrund des Morbus Reiter Syndroms, an dem er litt, welches bei uns kaum bekannt ist. Er kam aus einer jüdischen Familie und seine Mutter arbeitete als Heilpraktikerin. Im Ashram begann er, sich gesünder zu ernähren, so dass seine Symptome sich besserten.

Wir hatten viel Spaß in seiner WG in Liberty, das Nobelviertel in Ashram Nähe, wo er ein großes Apartment mit einem anderem Hairy Hippie aus Sedona teilte. Alle Leute vom Musical – auch der Regisseur Subhuti - kamen zu uns und wir feierten wilde Tanzparties und spielten WAHRHEIT ODER PFLICHT. Dabei dreht man eine Flasche und fordert denjenigen heraus, auf den sie zeigt, eine Frage wahrheitsgemäß zu beantworten oder etwas zu tun, was man ihm aufträgt. Sogar Nirman war auf einer der Parties dabei. Gott, was waren wir alle Kinder der Liebe? Irgendwann reiste ich ab und er blieb. Er reiste noch zu irgendeinem indischen Tempel, wo er von einem Affen gebissen wurde, was ihm große gesundheitliche Probleme bereitete. Die brachte er dann auch zu mir mit nach Köln.
Zwischenzeitlich war ich mit zwei Männern aus Würzburg nach Köln gezogen und wir gründeten eine 3er-WG. Als Sumiran in Köln ankam, musste ich direkt mit ihm in ein Krankenhaus und unterschreiben, dass ich die Arztkosten übernehme, da er keine Auslandskrankenversicherung hatte aufgrund seiner chronischen Krankheit. So kam es, dass er nach drei Tagen wieder in die USA fahren musste, weil kein deutscher Arzt ihm helfen konnte und ich auf den Kosten festsaß. Er ließ mir lediglich seinen Rucksack da, in dem er Schmuck aus Indien mitgebracht hatte. Also verkaufte ich den Schmuck so gut es ging auf Festivals oder an Geschäfte, um wenigstens etwas Geld wieder reinzuholen. Als Studentin hatte ich ja nicht so viele finanzielle Polster. Unsere Geschichte endete noch kurioser, als er später mit seiner neuen Freundin nach Köln flog, um seinen Rucksack bei mir abzuholen. Scheinbar hatte ich auch mit ihm viel Karma abzuarbeiten.

Womöglich habe ich als alte Seele so viel Karma erschaffen, dass es viel zu erlösen gab. Das sollte sich auch in den kommenden Jahren noch nicht so schnell ändern. Auch mit meinem neuen Freund Maneesh* nicht. Mit etwas Genugtuung konnte ich wenigstens mit meinem neuen Lover auftrumpfen, als Sumiran mit seiner neuen Flamme ankam.

Maneesh war offensichtlich die bessere Wahl: superhübsch, selbstverständlich langhaarig, körperlich gesund, dynamisch, eigenwillig und etwas verrückt. Er wohnte mit zwei Frauen in einer WG, die später dann auch wechselten. Die Neubesetzung war sehr schlimm. Es herrschte dort des nachts Sodom und Gomorra. Beide Damen arbeiten in einem Nachtclub, wo sie daran verdienten, von irgendwelchen Typen zu Drinks eingeladen zu werden und diese dann auch noch mit nach Hause nahmen. Diese unerträglichen Umstände bewogen mich dazu, mit ihm zusammenzuziehen, um den Frauen zu entkommen. Dummerweise wurde er kurz vor dem Umzug von einem psychotischen Schub heimgesucht, so dass ich ihn in die geschlossene Klinik einweisen lassen musste, weil Suizidgefahr drohte. Zwar sorgte ich dafür, dass er nach zwei Wochen wieder von dort entlassen werden konnte, obwohl die Ärztin mir versicherte, dass keiner dort unter sechs Wochen wieder rauskommt, doch war der Umzug in diesen zwei Wochen und ich musste somit beide Umzüge allein stemmen. Nicht ganz: alle meine Freundinnen und Satya waren zur Stelle, um mir zu helfen.

Langsam dämmerte es mir, dass ich mir die falschen Typen an Land zog. Soweit zum Thema Karma. An dem Tag, an dem Maneesh nach zwei Wochen aus der Klinik entlassen wurde, kam Sumiran, um seinen Rucksack zu holen. Das war das letzte Mal, dass ich ihn gesehen habe. War das Koinzidenz? Instant Karma? Oder ein Naturgesetz, dass nach Ausgleich strebt? Wenn jemand geht, dann kommt auch von irgendwoher irgendwann jemand, der den Platz einnimmt. Zwanzig Jahre später habe ich ihn in den sozialen Medien gefunden, weil ich wissen wollte, ob er 9/11 überlebt hat. Immerhin wohnte er zu besagter Zeit in New York City und arbeitete für einen Weltkonzern. Er war tatsächlich inzwischen verheiratet und hatte zwei Kinder. Ich habe mich wirklich für ihn gefreut und der lustigen Zeit gedacht, die wir miteinander verbracht hatten.

Mit Maneesh verbrachte ich die nächsten vier Jahre meines Lebens. Diese Zeit war sowohl von fröhlicher Leichtigkeit als auch von Unsicherheit und Kampf geprägt.

Er wechselte die Jobs wie seine Unterwäsche. Genauer gesagt: er flog überall schnell wieder raus, weil er sich rebellisch und eigensinnig zeigte. Er wollte mit mir eine Familie gründen, obwohl er selbst noch in den Kinderschuhen lief. Es fühlte sich mitunter an, als sei er mein kleiner Bruder, auf den ich aufpassen sollte. Wenn ich nicht genug Aufmerksamkeit für ihn aufwand, nahm er sich Kondome aus unserer Nachttisch-Schublade und ging auf die Jagd wie ein Tier. Zumindest merkte ich es einmal. Irgendwann war er dann auch erfolgreich und zog sich eine Liebhaberin an Land. Nachdem ich ihre Telefonnummer aus seiner Hosentasche gefischt hatte und sie anrief, erfuhr ich es. Nach einer heftigen Beziehungskrise zogen wir aus unserer Kölner Wohnung aufs Land. Unsere Liebe war wohl noch nicht zu Ende und brauchte noch eine Runde. Als Handwerker war Maneesh ein energetisch geerdeter Mensch mit einer Körperlichkeit, die man selten fand. Von ihm bekam ich die schönsten Massagen, die man sich vorstellen kann. Darin hatte er großes Talent. Auf jener Stufe meines Bewusstseins tat er mir einfach richtig gut.
Wir suchten mit Satya zusammen ein Haus auf dem Land. Das Phänomen der 3er-WG zieht sich wie ein roter Faden durch mein Leben. Es dauerte nicht lange, da fanden wir eine Villa mit großem Garten und komplett verglastem Wintergarten in Eitorf. Der Vermieter hatte eine Wohngemeinschaft eigentlich ausgeschlossen, fand uns jedoch sympathisch und ließ sich von uns überzeugen, dass wir uns wie eine Familie verhalten. Und genauso war es auch. Es war eine tolle Zeit. Ich war froh, dass Satya in meiner Nähe war und wir Lebenszeit miteinander verbrachten. Er war und ist mein wichtigster Gesprächspartner und Verbündeter. Er erinnerte mich stets daran, mich weiterzuentwickeln und vor allem daran, dass ich eine Schöpferseele habe. Das wiederum hielt mir auch vor Augen, dass Maneesh auf Dauer kein angemessener Partner für mich sein konnte, weil es ihm an geistiger Tiefe fehlte. Seine fehlende Erkenntnisfähigkeit machte mir immer mehr zu schaffen. Irgendwann passierte, was passieren musste, und ich verliebte mich in jemand Neues.

Ich war Teilnehmerin auf Raffaels Seminar. Dass wir überhaupt zusammenkamen, ist einzig und allein meiner Initiative zu verdanken.

Ich wollte diesen Mann um jeden Preis. Und ich zahlte auch einen hohen Preis dafür, wie sich herausstellen sollte. Am Anfang war er mir einigermaßen wohlgesonnen, jedoch hielt er mich systematisch klein. Sehr subtil. Nicht so offensichtlich, dass ich es merken sollte. Der Bedauernswerte musste wohl einen tiefsitzenden Minderwertigkeitskomplex gehabt haben sowie ein innewohnendes Schuldgefühl aufgrund der Gehirnwäsche seiner Baptisten-Herkunft. Ich war blind vor Liebe und wollte immer alles gut machen.

Man möge mich an dieser Stelle nicht missverstehen. Aus mir spricht keinerlei Bitterkeit. Ich selbst habe mir diesen Mann mit den dazugehörigen Erfahrungen ja ausgesucht, um zu wachsen. Mein Selbstwert war zu jener Zeit noch nicht ausgeprägt. Ich war mir meiner Selbst und meines Wertes einfach nicht bewusst. Ich suchte nach Bestätigung von meinem Partner. Dieses Muster hielt sich lange Zeit. Er als mein Partner fühlte sich auch minderwertig, weil er mir nicht das geben konnte, was ich brauchte. Es war nie genug. Das was ich brauchte, hätte nur ich selbst mir geben können. Wir beiden hatten also das gleiche Defizit und haben uns deshalb nicht gegenseitig nähren können, weil wir beide im Mangel waren. Es gibt ein passendes Sprichwort dazu: Zwei Ertrinkende können sich nicht gegenseitig retten.
Stattdessen haben wir uns immer unglücklicher gemacht. Wenn es nach ihm gegangen wäre, hätte ich meine schiefe Nase operieren lassen sollen, meine Spiritualität und meine Intuition verraten sollen oder nicht so laut kauen sollen beim Essen. Weibliche Rundungen unter einem tiefen Ausschnitt zu zeigen war ebenso Sünde wie ein Tantra Buch zu lesen. Nach außen lächelte er immer höflich und mit mir ließ er seine Maske der Nettigkeit fallen. Er suchte immer nach „seinem Gott" und wollte nicht sehen, dass Gott ihn nicht lieben kann, wenn er sich nicht selbst liebte.
Ich machte alles mit, um ihm zu gefallen: Seine langweiligen Freunde treffen, mit ihm Motorrad fahren, schreckliche Kinofilme ansehen und sogar ständig seinen todkranken Vater besuchen.

Mein Wunsch nach Familiengründung wurde von Raffael komplett ignoriert. Ein Freund schenkte ihm sogar einen Abstandhalter zum Geburtstag. So ein Gerät gibt es tatsächlich!

Nach drei Jahren trennte er sich das erste Mal von mir. Nach einiger Verzweiflung richtete ich mich wieder auf und überlegte endlich, was ich für mich tun könnte, um aus dem Raum der Verzweiflung herauszukommen. Ich spürte den Ruf meines Krafttieres. Da Delfine zur Familie der Wale gehören, waren sie damit auch Teil meiner Walfamilie. Wie schön, das hört sich an wie Wahlfamilie! Und so ist es ja auch!

Ich fand VisionQuest auf der Bimini Inselgruppe, die zu den Bahamas gehört. Dort haben sich ein paar Sanyassins niedergelassen, die mit einem kleinen Katamaran von Mai bis Oktober jeden Tag hinausfahren, um wilde Delfine im offenen Meer zu treffen. Ich buchte meine Reise für 12 Tage Richtung Fort Lauderdale in Florida, von wo ich mit einem kleinen Flugzeug nach Bimini übersetzen konnte. Hier fand ich Gleichgesinnte. Wir begannen den Tag mit Yoga und fuhren dann raus aufs Meer. Auf dem Schiff meditierten wir alle zusammen und nahmen innerlich Kontakt mit den Delfinen auf. Allein das war schon ergreifend. Wir waren ein “Pod”, so nennt man eine Delfinschule, eine Gruppe von Delfinen, auf Englisch. Das Element Wasser um uns herum, das weite Blau zu sehen und die vielen Stunden in dem Auf und Ab der Wellen zu gleiten, war eine wunderbare Einstimmung. Als ich das erste Mal die Delfine zu uns schwimmen sah, rief ich wie ein Kind nach ihnen. Sie sind so wunderschön in ihrer Bewegung. Mein Herz sprang vor Freude mit ihnen. Ich war ganz aus dem Häuschen.

Da wir sie nicht mit Futter anlockten, waren wir darauf angewiesen, dass sie sich von selbst zeigten. Sie schwammen und sprangen am Anfang meistens in der Bugwelle des Katamarans auf und nieder. Dann wurde der Motor abgestellt und wir hüpften mit Schnorcheln und Schwimmflossen ausgestattet ins Wasser. Was mich sehr berührte, waren die Töne, die sie unter Wasser aussendeten. Manche Töne waren auch Klick-Geräusche. Es sind Engel der Meere, die Heilkräfte haben. Die Begegnung mit ihnen gehört zu den schönsten Offen-

barungen meines Lebens. Sie wurde Teil meiner Glücksformel und vor allem Teil meines Seins.
Ein netter Nebeneffekt war, dass Scott, der Fotograf des Teams, ein fantastischer Salsa Tänzer war. Irgendwie hatte er es auf mich abgesehen und er nahm mich mit in die Tanzbar der Insel. Es lief Salsa Musik und die Stimmung war aufgeladen. Alle tanzten auf engstem Raum und Scott lehrte mich zu salsen. Es war mein erster Salsa Tanz und es sollte nicht mein letzter sein.
Zurück in Deutschland überredete ich Raffael, mit mir einen Salsa Kurs zu machen. Er war zwar nicht besonders talentiert, aber zumindest konnte ich mein Repertoire ausbauen. Unsere Beziehung lief noch ein weiteres Jahr bis sie ihr Ende fand. Am ersten Mai eröffnete er mir, dass er eine Auszeit bräuchte und wir später schauen sollten, ob es weitergeht. Ich habe seit jenem Tag nichts mehr von ihm gehört. Meine Nachrichten wurden ignoriert. Erst ein Jahr später fragte er mich in einem Brief, ob wir uns wiedersehen würden. Doch zu jenem späten Zeitpunkt stand das für mich nicht mehr an.

Natürlich habe ich lange an dieser Beziehung geknabbert, weil ich die Mechanismen noch nicht verstand. Irgendwann habe ich es jedoch geschafft, mir zu vergeben. Und zwar dafür, dass ich mir mit dem Aufrechterhalten der Beziehung zwar keinen Gefallen getan habe, dennoch aber alles getan habe, was mir möglich erschien, um das Beste zu geben. Und andererseits ihm zu vergeben, dass er sicherlich sein Bestes getan hat und einfach nicht anders konnte, als mein Arschengel zu sein.

Ich liebe das Konzept des Arschengels. Ich gehe davon aus, dass wir uns als Seelen absprechen, auf welche Weise wir uns gegenseitig die Knöpfe drücken, um aneinander zu wachsen. Und das hat man nun leider manchmal die Arschengelkarte. Wenn wir einander verzeihen, kann Frieden einkehren in der Seele. Wir verstehen dann, dass unsere Arschengel fast nie aus bewusst böser Absicht handeln, um uns zu schaden. Ich glaube an das Gute im Menschen. Obgleich ich es für sehr wahrscheinlich halte, dass dunkle Mächte in unserem Universum wirken und auch schwache Menschen beeinflussen können.

Letztlich bin ich absolut überzeugt und zuversichtlich, dass das Gute – also die bedingungslose Liebe – immer stärker sein wird. Genauso wie Licht immer durch die Dunkelheit hindurch wirkt, ohne dass sie etwas dagegen tun könnte. Da wo Licht ist, kann keine Dunkelheit sein.

Auf meiner Zeitlinie war ich nun vierunddreißig. Meine innere Uhr tickte hörbar laut. Mein Wunsch nach Mutterschaft intensivierte sich. Meine Hormone spielten Karussell. Dadurch erkläre ich mir, dass ich tatsächlich noch eine weitere mehrjährige Beziehung brauchte, um zu verstehen, dass mein Glück nicht von jemand anderem abhängt, sondern von meinem Erwachen aus dem Traum in einem Traum.

Es ist also nicht weiter verwunderlich, dass mein nächster Partner auch ein narzisstisch veranlagter Egomane war. Die Kombination aus empathischer Frau und nazistischem Mann ist weit verbreitet. Es ist wie der passende Deckel zum Topf. Meine ersten vierzig Lebensjahre erinnern mich ein wenig an den Film „Und täglich grüßt das Murmeltier", in dem der Protagonist den gleichen Tag immer und immer wieder erlebt und dabei ein besserer Mensch wird. Es ist der zweite Februar, der Tag des Murmeltiers. Er verlässt die Zeit-schleife erst, als seine Angebetete sich in ihn verliebt, weil er endlich sein volles Potenzial lebt.
Nun ja, ich war eben auch noch in der Zeitschleife gefangen. Und so musste ich Manuel* begegnen. Er sah wirklich aus wie Tom Hanks, also nicht sehr schön, aber charismatisch an Ausstrahlung. Gewiss hatte er auch schauspielerisches Talent, das mich anfangs begeisterte. Obwohl er mir von Anfang an versicherte, dass er sich nicht zum Familienvater eignete, ließ ich mich auf das Spiel ein. Ich hoffte insgeheim, dass ich ihn vom Gegenteil überzeugen könne. Somit habe ich meine Verantwortung in dem Spiel. Selbstverständlich habe ich mir meine Naivität irgendwann verzeihen können. Er war wenigstens ehrlich in dem Punkt. Es brauchte zwei Jahre, in denen er mich mehr oder weniger erfolgreich davon zu überzeugen versuchte, dass er nicht der Richtige für mich sein könne. Irgend-wann später zeigte er mir auch seine tiefsten psychischen Abgründe. Er hatte ein uner-

löstes Thema mit Hass. Den zeigte er mir dann auch sehr direkt. Damit er sich wohl nicht so allein damit fühlen sollte, versuchte er dieses Thema bei mir auszulösen. Da ich aber grundsätzlich Ablehnung und Widerstand sehr gut direkt fühlen und ausdrücken konnte, hatte ich wenig angestauten Hass in mir. Er provozierte mich dazu, ja forderte mich sogar einmal direkt dazu auf, ihn anzubrüllen, was ich auch tat. Aber ich fühlte mich nicht wirklich besser danach. Ich glaube, das ist einfach nicht mein Thema. Ich bin an sich schon temperamentvoll, aber grundsätzlich eher gelassen. Während ich in Meditation von Anfang an größte Seligkeit erlebte, war seine Meditation von Widerständen und negativen Gefühlen bestimmt. Ich glaube, darin zeigt sich das Innenleben eines Menschen.

# 9.
# Transformation von Leid

Bei vielen Sanyassins hieß es immer, dass wir alle „Full of Shit" seien. Aus dem Grund hat Osho so viele verschiedene Therapie-formen entwickelt, um den ganzen angesammelten Mist aus Menschen herauszuholen, bevor sie überhaupt erst in der Lage waren, zu meditieren. Es gibt ja sogar die dynamische Meditation, in der erst einmal emotional und körperlich ausagiert wird, bevor es in die Stille geht. Ich weiß wirklich nicht warum, aber ich war immer gesegnet mit Stille in mir. Als ich die ersten Male im Ashram meditierte, zog es mich so sehr nach innen, dass ich es als anstrengend empfand, wieder aus der Stille herauszutreten.

Der Grund für das Aufblühen des Themas Achtsamkeit besteht bestimmt darin, dass je besser wir üben, bewusst zu denken und zu handeln, desto mehr Altlasten können wir loslassen. Wenn wir unsere Aufmerksamkeit dahin entwickeln, das Wahre, Gute und Schöne zu vermehren, geraten wir in eine höhere Schwingungsfrequenz. So wird Meditation zu einem natürlichen Zustand.

Mit Mitte dreißig war ich jedoch noch nicht ganz an diesem Punkt angelangt, weil ich noch zu viele Sehnsüchte in mir trug, und noch nicht verstand, dass das Leben etwas anderes mit mir vorhatte. Meine Seele hatte einen anderen Plan, dem ich schließlich vor der Geburt zugestimmt hatte. Mit fünfunddreißig tickte meine Uhr immer lauter. Ich war überzeugt, dass mein Glück darin bestand, Mutter zu sein.

Die Suche nach dem passenden Mann und damit Vater meines Kindes wurde zur Obsession. Sobald ich jemanden kennenlernte, brachte ich das Thema auf den Tisch. Ich wollte nicht noch mehr Zeit verschwenden mit den „falschen" Männern. Die Enttäuschungen wurden immer größer.

Mit achtunddreißig saß ich in meiner Kölner Wohnung, die zwar immerhin in einem Pferdehof direkt am Rhein war, allein. Das Gefühl der Einsamkeit überkam mich mit einer solchen Wucht, dass ich irgendwann nur noch weinen konnte. Es stürzte mich in tiefste Ver-

zweiflung. So hatte ich nicht leben wollen: als Single, ohne Kinder, in einer Großstadt? Das soll mein Leben sein? Diesen Abgrund aus völliger Hoffnungslosigkeit und Melancholie kannte ich bereits aus meinen frühen Zwanzigern. Genau das fühlte ich damals schon, als ich mich von jeweiligen Menschen, die ich liebte, abgewiesen fühlte. Dieser Schmerz wurde meine Leben lang wieder und wieder ausgelöst. Zumeist von geliebten Partnern, die mich nicht als diejenige lieben konnten, die ich war. Es offenbarte sich meine Wunde, die es zu heilen galt.
In der akuten Phase der Melancholie fragte ich meine Freundin Marion, die Heilpraktikerin ist, um Rat. Sie empfahl Bachblüten Notfalltropfen einzunehmen, was mir wirklich half, wieder in meine Mitte zu kommen, um handlungsfähig zu werden. Schließlich musste ich Kurse geben und mit Menschen arbeiten und dabei kommen Heulkrämpfe nicht so gut an.

An jenem Punkt der Verzweiflung gab ich auf. Meine innere Stimme gab die Botschaft an den Kosmos: „Ich habe alles versucht und bin gescheitert. Nun weiß ich nicht weiter. Ich gebe auf. Ich gebe mich hin an das, was das Leben wirklich mit mir vorhat. Was ist mein Lebensplan. Zeige mir meinen Weg?“ Ich lernte Hingabe. In mir offenbarte sich die Erkenntnis, dass ich zuerst mich selbst lieben lernen muss, bevor das jemand anderes kann. Heute kann man das in jedem Ratgeber lesen. Damals war es erst einmal neu. Ich kam bis dahin jedenfalls nicht auf die Idee. Ich suchte stets nach Bestätigung im Außen. Endlich kam ich auf die Idee, darüber nachzudenken, was mir persönlich Freude machen könnte und was mir gut tun könnte.
Ich erinnerte mich an die Menschen, die mich inspirierten. Was machte diese Menschen glücklich? Was hatten sie mir erzählt, dass mit mir in Resonanz ging? Und tatsächlich hatte ich eine Eingebung.

Meine Eingebung bestand darin, mir eine tantrische Ganzkörpermassage von einer Frau geben zu lassen. Das ist ein geführtes Ritual, in welchem der Mensch in einem geschützten Raum begleitet wird und dabei im eigenen Tempo und selbst gewählter Intensität seinen Körper, seine Sinnlichkeit und Sexualität neu entdecken kann.

Es geht dabei nicht darum, ein Ziel zu erreichen, sondern darum, Heilung zu erfahren. Diese wunderbare Erfahrung wurde mir zuteil und ich darf sagen, dass sie mein Leben verändert hat. Nicht nur habe ich das Ritual rundum genossen, ich war tatsächlich eine neue Frau danach. Die Wahrnehmung für meinen Körper und für meine Seele waren transformiert. Ich befand mich auf einer neuen Schwingungsfrequenz. Dies spürte nicht nur ich, sondern alle anderen, die mich wahrnahmen. Noch am selben Abend ging ich zum 5-Rhythmen-Tanz und es war als sei ich eine Bienenkönigin, um die herum die anderen – vornehmlich männlichen - Bienen summten. Zuvor hatte ich stets für mich getanzt und bin nicht in Kontakt gegangen. Nun hatte ich eine gewisse Ausstrahlung, die für andere anziehend wirkte.
Am nächsten Tag ging ich Salsa Tanzen und da war es genauso. Ich wurde von einem schönen Mann aufgefordert und es knisterte beim Tanzen direkt zwischen uns. Da er mittlerweile bekannt ist, wird er nicht namentlich erwähnt. Mit ihm ging ich am nächsten Tag zu einer Party, auf der ich meinen heutigen Ehemann traf, mit dem ich seitdem zusammen bin.
Ich hoffe, du kommst noch mit…… ich habe in diesen drei Tagen so viel erlebt, wie manche in ihrem ganzen Leben nicht. Mein Leben hat sich also seitdem komplett verändert. Es war der größte Wendepunkt.

# 10.
# Mit
# Vierzig
# fängt
# das
# echte
# Leben
# an

Ich lernte meinen heutigen Ehemann Tobias vier Monate vor meinem vierzigsten Geburtstag kennen. Er war zu dem Zeitpunkt noch neunundzwanzig. Bei unserem ersten Rendezvous lud ich ihn zu mir zum Essen ein und wir gingen danach im Rhein schwimmen. Ein paar Monate später verbrachten wir vier Wochen zusammen in Thailand und lernten uns dabei gut kennen. Als wir zurückkamen, hatte ich die Kündigung meiner Wohnung wegen Eigenbedarf auf dem Tisch liegen. So zogen wir dann in unsere erste gemeinsame Wohnung. Er war gerade ehrgeizig dabei, seine Freiberuflichkeit als Trainer und Buchautor aufzubauen.
Sein Thema war damals noch AcroYoga, eine Mischung aus Akrobatik, Yoga und Thai Massage. Er leitete Workshops und Ausbildungen. Mit vierzig lernte ich trotz meines femininen, also wenig athletischen Körpers, noch die Partner-Akrobatik. Ich lernte, dass durch geistige Ausrichtung man mit seinem Körper Dinge tun konnte, die man vorher gar nicht für möglich gehalten hatte. Tobias ist ein mutiger Visionär, der sich Ziele setzt und diese auch umsetzt. Da ich ebenso wie er Meisterin im Manifestieren bin, ziehen wir uns dementsprechend immer gegenseitig über unsere eigenen Grenzen. Durch seine Beharrlichkeit und den Glauben an seine Vision hat er sich bis heute eine immense Reichweite in seinem Thema Thai Yoga aufgebaut, einer der Bestandteile von AcroYoga. Tobias bringt damit Körperarbeit und Berührung zu den Menschen, die danach dürsten.
AcroYoga war immer die einzige Form von Yoga, die mich begeisterte. Mit anderen zusammen eine Form von Bewegung und Entspannung zu erleben, hat mich sehr angesprochen. Zusammen mit anderen AcroYogis, die auch heute noch weiterhin aktiv im Thema sind, haben wir Festivals organisiert, die an Woodstock erinnerten, zumindest was den Spirit betraf. Es kam ein bunter Haufen Hippies aus ganz Europa zusammen, es wurde musiziert, gefeiert und gespielt. Ich selbst hatte zwar leider nicht immer die Leichtigkeit, die angebracht gewesen wäre, weil ich noch in meinen Dramen festhing in der Zeit. Einmal hatte ich die Verantwortung für das Catering für zweihundert Leute inne. Obschon ich mir grundsätzlich alles zutraue, waren hierbei die technischen Voraussetzungen nicht gegeben. Die Küche war einfach nicht für so viele Gäste ausgestattet und es

war mehr als kräftezehrend. In der Zeit kannte ich meine Grenzen noch nicht so gut und dadurch überforderte ich mich. Wahrscheinlich wollte ich auch einfach mithalten bei den ganzen dynamischen AcroYogis, die ich irgendwie auch bewunderte. Jung und fit waren sie und Tobias als wesentlich jüngerer Mann vorn mit dabei. Er sollte mich noch viele Male zu tiefgreifender Veränderung anspornen.

Durch Tobias kam ich dann auch auf die Idee, mich beruflich umzuorientieren. Ich war bis dahin der Überzeugung, dass ich mit vierzig keine weitere Ausbildung mehr benötigen würde. Er begann eine Ausbildung in NLP und ich zog hinterher. Wir machten sie zusammen und lernten viele interessante Dinge. In mir wuchs der Wunsch, tiefer mit Menschen zu arbeiten, um Veränderung in Gang zu bringen. In meinen Sprach- und Sprechtrainings wendete ich einige NLP-Methoden an und merkte dabei immer mehr, dass ich noch mehr mit der Seele der Menschen arbeiten wollte. NLP stellte zwar gute Methoden zur Verfügung, dic mir mitunter jedoch zu intellektuell gesteuert waren. Mein Herz wollte mehr Verbindung mit anderen Herzen spüren. So suchte ich nach einer Möglichkeit, eine Coaching Ausbildung zu machen. Ich fand Angelika Gulder, zu deren Ausbildung im Ganzheitlichen Coaching ich einige Male nach Frankfurt fuhr. Es war eine Einweihung in eine neue Dimension. Sie repräsentierte bodenständige Arbeit und Methodik verbunden mit spiritueller Angebundenheit, was mir sehr gut tat. Ich fühlte von Anfang an eine magische Verbindung zu dieser Frau. Sicherlich kennen wir uns auch schon aus anderem Kontext. Wir haben unzählige Gemeinsamkeiten, wie ich bei der Ausbildung feststellte. Definitiv sind wir beiden Erdenengel. Das sind übrigens manche hochsensiblen oder hochsensitiven Menschen, die einen Seelenanteil mitbringen, der von einer Engelseele oder einer anderen höher schwingenden Energie oder Wesenheit stammt, die zusätzliche Aufgaben hat.

Nach meiner Ausbildung konnte ich endlich auf eine Weise mit Menschen arbeiten, die mir entsprach. Nach dem Gesetz der Anziehung kamen Klienten auf mich zu, denen ich nachhaltig helfen konnte.

Genauso wie das Angebot, als Beraterin in einem geförderten Projekt zu arbeiten, was ich bis heute tue. Ich war beruflich neu durchgestartet. Dennoch war mein Kinderwunsch nicht in Vergessenheit geraten. Ich wandte mich an Tobias. Laut seiner Ansicht war noch genug Zeit, über Familienplanung nachzudenken. Meine Intuition sagte mir jedoch etwas Anderes und sie sollte Recht behalten. Mit zweiundvierzig zeigten sich an dem Punkt, an dem wir beiden ein JA zum Kind hatten, erste Anzeichen der Menopause. Mein Körper zeigte mir also, dass ich zu lange gewartet hatte.
Ich unternahm noch eine aufwendige Prozedur bei einer TCM-Ärztin, die sich auf die Fahne geschrieben hatte, sie könne bei Kinderwunsch nachhelfen. Ich durchlief einen viermonatigen Prozess, in dem ich zweimal die Woche Nadeln verpasst bekam. Mit einer Phobie vor Spritzen dies durchzustehen empfand ich als Heldentat. Zwei Nadeln davon wurden sogar immer unter Strom gesetzt, wobei ich zweimal einen schlimmen Stromschlag bekam, der erst endete, nachdem die Assistentin kam, um den Strom abzustellen. Sie wollte mir nicht glauben, dass ich empfindsam bin und war schockiert über diese Ereignisse. Den scheußlichen TCM-Tee hätte ich noch ewig weiter getrunken, um wenigsten noch einen Zyklus zu erleben, aber es sollte nicht sein. Ich musste mich von meinem Kinderwunsch verabschieden.
Aufgrund der veränderten Hormonlage, die von Mutter Natur gut eingefädelt wird, habe ich nach einiger Zeit glücklicherweise gar keinen Kinderwunsch mehr verspürt. Eher im Gegenteil bekam ich bei Babygeschrei Fluchtinstinkte. Als Hochsensible wäre es vielleicht sogar eine Überforderung meiner Sinne gewesen, ein Baby zu haben. Naja, mein System hätte sich für die Babyzeit vielleicht auch darauf eingestellt. Mutter Natur weiß ja, was sie tut. Wie auch immer – die Frau meines Bruders wurde zeitgleich schwanger und das beruhigte mich. Nun hatte die Familie wenigsten einen Nachwuchs. Die Botschaft, eine Nichte zu bekommen, hatte mich tief berührt.
Meine Mutterinstinkte konnte ich als Caterer für Tobias unzählige Ausbildungsgruppen ausleben. Gäste zu haben und zu beköstigen ist ultimativ mütterlich.

# 11.
# Spirituelles Erwachen

Nachdem ich Tobias so vieles vom Ashram erzählt hatte, wollte er unbedingt dorthin. Kurz nach Weihnachten 2015 fuhren wir nach Indien. Ich war sechzehn Jahre nicht mehr dort gewesen und war erstaunt über die Veränderungen. Einzig Amrito, Oshos Arzt, und Subhuti, der damals das Musical "Meet me in Maroon" inszeniert hatte, traf ich noch an. Tobias war restlos begeistert und stürzte sich auf das Angebot. Wir machten sogar eine Tantra Gruppe zusammen. Bei all dem, was ich dort antraf, seien es Menschen oder Situationen, wurde mir bewusst, dass ich über diesen Ort hinausgewachsen war. Ich fühlte mich wie auf einem Kindergeburtstag. Es ergaben sich skurrile Situationen, wo ich mit mehreren Menschen zusammen saß und mir auf einmal die Rolle des Hilfsgurus zugeteilt wurde. Du wirst lachen, aber eine Frau forderte mich wirklich auf, einen Diskurs zu halten und fragte mich ernsthaft, ob sie meine Schülerin sein dürfe. Statt mich geschmeichelt zu fühlen, fragte ich mich, was nur aus dem Ashram geworden ist? Brauchten die Menschen wirklich immer noch jemanden, der ihnen sagt, was sie tun sollen? Ich habe mir einen Spaß aus der Situation gemacht und einen lustigen Diskurs abgehalten. Ich sah Osho im Geist grinsen. Das konnte er wirklich gut, denn er hatte Humor. Offensichtlich gehörte ich nun zu der Garde der alten Sanyassins. Ein paar graue Strähnen halfen sicherlich dabei. Naja, ich fühlte mich jedenfalls gar nicht so alt.
Als ich über diese Situation nachdachte, kam ich zu dem Schluss, dass nicht der Ashram sich geändert hatte, sondern ich. Sicherlich hatte auch er sich irgendwie verändert, aber er war immer noch ein Paradies. Ich sah ein, dass die Menschen - ich eingeschlossen - manchmal ein Vorbild, einen Wegweiser brauchten, um weiter zu wachsen. Warum sollte auch ich nicht einmal ein Wegweiser für andere sein? Es war nicht meine Arroganz, über die Frau im Ashram zu lächeln, sondern ich wollte mich nicht ernsthaft über sie erheben - das war meine ursprüngliche Absicht. Ich hielt daran fest, dass wir alle auf Augenhöhe sein sollten. Nach etwas Nachdenken frage ich mich jedoch: Was ist denn daran auszusetzen, sich gegenseitig Wegweiser zu sein? Mal ich für den anderen und mal der andere mich.
Der Ashram ist ein Paradies, weil alle Menschen in ihm erblühen. In der Gemeinschaft kann jeder sich einbringen. Man arbeitet zusam-

men statt gegeneinander. Er dient mir also als Vorbild für das Paradies, dass ich nun zusammen mit Gleichgesinnten erschaffen will. Mich würde deine Ansicht dazu als Leser dieses Buches interessieren. Wenn du Anregungen dazu hast, so freue ich mich sehr über unseren Austausch.

Tobias war jedenfalls so begeistert vom Ashram und der Auswirkung seiner inneren Arbeit, dass er den Wunsch entwickelt hatte, mich doch noch zu heiraten. Ich war mit dem Thema eigentlich durch. Bei mir war der Wunsch ein paar Jahre vorher schon aufgeflammt und auf wenig Interesse seinerseits gestoßen. Er ließ zufälligerweise von dem gleichen Goldschmied aus Tibet, bei dem ich vor zwanzig Jahren meine Klangschalen gekauft hatte, einen Verlobungsring machen. An einer großen Buddha Statue im Park hielt er um meine Hand an.
So wurde dann für den nächsten August unsere Hochzeit geplant. Da wir Meister im Manifestieren sind, hat alles genauso geklappt wie geplant. Ich hatte für siebzig Gäste das Catering gemacht, und auch sonst das meiste organisiert. Die anderen wunderten sich, dass ich nicht vor Erschöpfung nach drei Tagen Hochzeitsfeierlichkeiten umgefallen bin. Aber nein doch! Ich war beflügelt und begeistert! Anscheinend hatten die Spirits beim Hochzeitsritual mir unerschöpfliche Kraft verliehen. Da Tobias und ich uns immer schon vom Schamanismus angezogen fühlten, wollten wir unsere Hochzeit mit einem schamanischen Ritual feiern. Es wurde von Jennie Appel geleitet, die auf dem Gebiet unsere Vertraute ist. Am blauen Haus im Siebengebirge grenzte am Garten ein kleines Waldstück, wo wir einen Ritualplatz errichteten. Die engsten Freunde und Tobias Mama waren dabei und bekräftigten unser Bündnis. Wir sangen und bekamen die Botschaft unseres jeweiligen Kraftiers für die Hochzeit. Tobias war begleitet von einem Rotmilan und ich von einem schwarzen Storch. Er sollte mich daran erinnern, dass ich verborgenes, altes Wissen und Bräuche zurück zu den Menschen bringen würde. Das habe ich unterbewusst wohl von da an auch gemacht. Satya als mein Trauzeuge hat mir auch seinen Segen für unsere Ehe gegeben bei dem Ritual.

Das Ritual war das Schönste der ganzen Hochzeit. Dagegen war die standesamtliche Trauung ein bürgerliches Lustspiel. Sie war auch nur deswegen erträglich, weil wir sie mit Liedern von Giannina Wedde und Janin Devi untermalten. Zudem gab es eine stille Meditation zum Innehalten. Das Gerede der Standesbeamtin hatte wenig Heiliges, sondern erinnerte mit all den Fragen, die lustig sein sollten, eher an eine Karnevalssitzung. Allerdings machte es mich sehr glücklich, die Ahnen und die Verwandtschaft hinter uns zu wissen. Sie saßen ja tatsächlich hinter uns im Standesamt und das gab uns ein kraftvolles Gefühl der Gemeinschaft. Die Macht der Sippe, des eigenes Stammes, ist nicht zu unterschätzen. Sie kann uns schwächen und von unserem eigenen Weg abhalten oder sie kann uns stärken. Wenn wir mit unserem Karma aufräumen und ganz bei uns Selbst ankommen, kann die Familie von uns als Unterstützung wahrgenommen werden.

Eine weitere Möglichkeit, schamanisch zu reisen und sich mit den Spirits zu verbinden, ist eine Schwitzhütten Zeremonie. Im Garten des blauen Hauses hatten wir eine Schwitzhütte errichtet. Sie wurde von einem Lakota Indianer eingeweiht. Das zweite Ritual wurde von einem Blackfoot Sonnentänzer und seinem Sohn geleitet. Das und die weiteren Rituale von verschiedenen Leuten, waren skurrile Erlebnisse, aber nicht minder kraftgebend. Einmal war ich sogar die Feuerhüterin und musste darauf achten, dass das Feuer brannte und den Menschen in der Hütte über fünfzig schwere glühende Steine aus dem Feuer in die Hütte bringen. Jeder Stein musste vorher auf einem bestimmten Weg noch einmal ums Feuer getragen werden. Meine größte Sorge war der Ast über dem Feuer, das viel höher als gedacht brannte. Ich betete zu den Spirits, dass er kein Feuer finge. Du kannst dir vorstellen, welchen Muskelkater ich am nächsten Tag vom Steine schleppen hatte. Ich konnte meine Arme nicht mehr anheben. Ich finde, so eine Aufgabe sollten trainierte Männer machen.
Die besten Schwitzhütte haben wir allerdings bei Sven Müller erlebt. Sein Projekt heißt “Vision der Freude”. Er hat eine sehr gute Anbindung an die Spirits und schafft durch gute Vorbereitung einen Heiligen Raum in der Hütte.

Nach unserer Hochzeit im blauen Haus merkten wir, dass wir den Wunsch nach einem eigenen freistehenden Haus in der Natur spürten. Die Nachbarschaft in dem Dorf, da im selben geboren, war uns nicht gerade wohl gesonnen. Sie hassten uns, da wir Yoga machten, statt Bier trinkend und grölend auf Tiere zu schießen. Da wir ja Meister im Manifestieren waren, fanden wir unser Traumhaus in der Eifel. Die blaue Mühle stand bei unserer Ankunft schon ein Jahr zum Verkauf. Wir verbrachten drei Stunden bei der ersten Besichtigung und teilten den Eigentümern dann mit, dass wir das Haus kaufen würden. Sie fragten uns ungläubig, was wir denn zu zweit mit dreihundert Quadratmetern Wohnfläche anstellen wollten. Das wussten wir. Da wir beiden als Freiberufler unseren eigenen Arbeits- und Wirkbereich brauchen und zudem noch ein Seminarraum sehr nützlich erschien, wurde der Raum gut ausgenutzt und jeder Quadratmeter benötigt. Obwohl die Bank sich anfangs quer stellte, haben wir das Ding gerockt, weil wir davon überzeugt waren.
Seitdem erschaffen wir in der Blauen Mühle unser Paradies und lassen viele Menschen, die zu unseren Seminaren und Ausbildungen kommen, daran teilhaben. Durch sie wird es erst richtig lebendig.

Eines der Seminare wird auch von Jennie geleitet, die unser Hochzeitsritual begleitet hat. Sie lebt und lehrt eine andere Form des Schamanismus. Hierbei spielen Krafttiere, Ahnen und Trancereisen in die Anderswelt eine größere Rolle. Jennie und ich haben eine vertrauensvolle Verbindung zueinander und so vertraute sie mir einmal die Rolle der Trommlerin bei einem Ritual an. Das war für mich eine tiefgreifende Erfahrung, da mein Ego sich beim Trommeln abmeldete. Das Trommeln wurde ohne jede Mühe von meinen Händen geführt und ich fühlte mich angebunden an den Spirit. Der Heilungsraum war immens. Wie so oft war Klang ein Tor zum Göttlichen. Danach begann ich Heilbehandlungen mit Hilfe von Klang anzubieten. Ich spielte den planetarischen Gong und später die Klangliege.
Und es sollte noch besser kommen, denn wenn man erst einmal auf den Geschmack der spirituellen Göttlichkeit gekommen ist, möchte man diesen Weg immer weitergehen.

Bei einer der Thai Yoga Ausbildungen im Seminarhaus Neuglück, was damals fast unser zweites Zuhause war, lernte ich eine weitere Frau kennen, die mein Leben maßgeblich beeinflusst hat. Da ich ja den ganzen Tag mit der Essenszubereitung beschäftigt war - ein aufwendiges Büffet aus frisch zubereiteten vegetarischen Speisen - hatte ich sie zuerst gar nicht richtig bemerkt. Erst am letzten Tag, als ich, wie schon so oft in den Gruppensituationen, Migräne hatte, nahm ich sie richtig wahr. Es hatten mich zwei Teilnehmerinnen der Ausbildungsgruppe sehr herausgefordert. Es stellte sich heraus, dass sie als Geistheilerin das geistige Feld lesen kann und sie bestätigte mir, dass sie beobachten konnte, dass die Mentalwesen von genau den gleichen Personen, die mir zuvor negativ aufgefallen waren, bei mir angedockt hätten. Ich war zunächst erstaunt über ihre präzise Wahrnehmung und fühlte mich jedoch gleichzeitig bestätigt, denn das war es, was ich auch wahrnahm. Sie beruhigte mich dann auch dahingehend, dass diese Übertragungen nicht bewusst oder in böser Absicht geschehen würden, sondern aus Unbewusstheit. Jedenfalls befreite sie mich von den Mentalwesen, so gut es ging, was mir Erleichterung verschaffte und wir sahen uns lange still an. Dann flossen uns beiden die Tränen aus den Augen und wir fanden uns zusammen an einem anderen mysteriösen Ort wieder. Sie sagte: „Wir kennen uns. Wir sind gerade in Avalon. Du bist eine Hohepriesterin und ich bin eine Novizin. Ich komme mir ganz kindlich und klein vor…“ Als ich diese Worte hörte, war ich sehr ergriffen. Ich fühlte, dass es wahr war. Später sagte sie mir dann noch, dass meine Lebensaufgabe nicht darin bestünde, für andere zu kochen, was ich sicherlich bereits wusste, aber aus ihrem Mund hatte das eine tiefere Bedeutung.

Es verging eine Zeit, bis ich mich berufen fühlte, sie anzurufen und sie zu fragen, ob sie noch eine neue Ausbildung in geistigen Heilweisen anbieten würde. So kam es, dass sich in diesem Leben unsere Rollen tauschten und ich bei ihr in die Ausbildung ging. Ich bin mir sicher, dass wir in den vielen Leben zuvor alle möglichen Rollen eingenommen hatten. Meine Motivation bestand nun darin, den Schleier des Vergessens zu lüften. Ich wollte das, was nicht sichtbar

ist, wahrnehmen. Ich wollte aus dem Traum der Illusion erwachen. Ich wollte lernen, mich und andere zu heilen.
Die Ausbildungstage waren eine große Bereicherung. Ich lernte die geistigen Phänomene kennen, zum Beispiel Methoden zur geistigen Reinigung, Erdung und Ausrichtung. Bei einem Modul erfuhr ich, dass ich eine Schöpferseele bin, die von Anbeginn der Erde mit dabei ist. Du kannst dir kaum vorstellen, wie sehr mich das berührt hat in jenem Moment. Ein anderes Mal machten wir eine innere Reise zu unserem Krafttier und mir begegnete der Wal und hielt wunderbare Botschaften für mich bereits. Bis dahin wusste ich gar nicht, dass der Wal mein Krafttier ist. Dann kam an anderer Stelle einmal ein Walbewusstsein in den Raum der Gruppe, was von der Ausbilderin wahrgenommen wurde und dessen Botschaft darin bestand, den Menschen zu sagen, dass die Wale und Delfine Friedensboten sind, die zur Heilung der Menschen geschickt sind und jedes Leid, was der Mensch ihnen zufügen würde, vergeben ist. Wie so oft kullerten mir beim Hören dieser Botschaft Tränen aus den Augen und mein Leib zitterte vor Ergriffenheit. Ich frage mich, warum wir so etwas nicht auch in der Schule lernen. Wenn wir unsere Wahrnehmung schulen, können wir so viel Heilvolles tun und würden gar nichts Destruktives tun können, weil wir begreifen, dass wir damit uns selbst schaden würden. Wenn wir erkennen, dass alles aus Liebe gemacht ist, erkennen wir, dass wir selbst Liebe sind. Dann wollen wir Liebe verschenken, immer und überall.
Meine Weiterentwicklung wurde auch von zwei Seelenlesungen unterstützt, die sie mir gab. Darin konnte ich alte Ängste loslassen und mehr über meinen Seelenweg erfahren.
Diese tiefgreifenden Erfahrungen sollten meinem Leben eine neue Richtung verleihen. Als im Frühling 2019 meine Ausbilderin verkündete, dass sie ihren Ausbildungsbetrieb aufgeben würde, weil die Schöpfung etwas Anderes mit ihr vorhabe, empfand ich tiefe Dankbarkeit und freute mich für sie. Ich war froh, dass sie ihrer eigenen Evolution folgte, denn die Menschheit braucht dringend ein paar mehr erleuchtete Exemplare zur Erhaltung eben dieser, nicht wahr?

Trotzdem meine Ausbildung vorzeitig beendet war, wusste ich, dass ich alles Wichtige von ihr gelernt hatte, was es für mich zu lernen gab. Es war mir eine Ehre, in ihrer letzten Gruppe gewesen zu sein. Ich glaube, wir empfinden es beide so, dass wir auf eine Weise auch Freundinnen auf Augenhöhe sind.

Die Bestätigung darüber, dass ich genug gelernt hatte und es nun um die Umsetzung und Anwendung im Leben selbst geht, bekam ich wenig später von einem weiteren Geistheiler. Nach dem Gesetz der Anziehung fand ich ihn, weil ich jemanden suchte, bei dem ich mehr lernen konnte über die geistige Welt. Ich buchte eine Geistheilungs-Behandlung bei ihm. Dieses Erlebnis gehört zu den schönsten meines Lebens. Es war wie eine Freischaltung, eine Initialzündung in meine Wirklichkeit.

In der Behandlung passierte Folgendes: Es zeigten sich zwei starke Lichtwesen, von denen ich allzeit begleitet war und bin. Eines davon eine sehr feminine Lichtgestalt an meiner Seite, die mit der gleichen Energie arbeitet wie Maria und mit der Liebe der Mutter Maria verbunden ist. Des Weiteren befindet sich an meinem Kopf ein immenses Lichtwesen, der Geist der Erkenntnis, der seit Anbeginn der Zeit bei mir ist. Meine Seele ist sehr alt, eine Schöpferseele. Sie sagte mir folgendes: „Der Moment ist gekommen. Lange haben wir uns auf diese Zeit vorbereitet. Nicht nur in diesem Leben. Viele Leben sind diesem vorangegangen in dem Wissen, was wir hier und heute erreichen wollen. Mein Sein ist alt und lange war der Weg aus den Tiefen des Erfahrens in die Kraft des Wissens und Handelns. Wir sind Teil der Familie der Erkenntnis. Erkenntnis ist unser Name, unser Sein, unser Wesen. Wir wissen, weil das Wissen ein Teil unserer Lebensstruktur ist. Nun ist es an der Zeit, alles abzulegen, was uns noch hindert oder blockiert. Wobei es hier keine großen Probleme sind, da wir recht frei zu Erden kamen. In bin in Suva inkarniert, um zu SEIN. Um mein Licht strahlen zu lassen. Um dadurch ein Vorbild, ein Wegweiser, ein Begleiter zu sein, um diese Zeit in die Entwicklung zu begleiten, derentwegen wir nun hier sind. Es ist mein Ansinnen zu überwinden, was irdisch geprägt ist und in diesem Leben die

Brücke zu schlagen zwischen dem dichten Sein und dem höchsten Wesen, der höchsten Energie. Gelebte Liebe im Rahmen meiner und unserer Möglichkeiten. Der Weg ist die Erkenntnis. Das Ziel ist die Vereinigung der Gegensätze im materiellen Sein. Das Wissen führt uns, um die Liebe ins uns und dann um uns herum zu aktivieren, zu leben und weiterzugeben. Liebe ist der Weg und das Ziel. In der Vereinigung all unserer Seinsebenen - Körper, Geist, Seele, Seelenfamilie und allumfassendes Sein – empfinden wir die Möglichkeit, alle irdischen Grenzen zu überwinden. Das ist unser Ziel. Dafür hat Suva schon viel vorbereitet und bereits gelebt. Die Zukunft wird einfach sein. SEIN. Alles wird zu uns finden. Nun soll das Ende der Vorbereitung und der Beginn des Seins eingeläutet werden. Wir freuen uns schon über all die Entscheidungen, Entwicklungen und Befreiungen, die Suva erleben wird. Sie folgt ihren Impulsen, weswegen es nichts gibt, dass es zu sagen gäbe. Fließe, meine Liebe, fließe. Das Reich naht."
Beim Hören dieser Worte spürte ich meine körperlichen Grenzen nicht mehr - nur noch Licht. Du kannst dir vielleicht vorstellen, wie tief berührt ich von der Botschaft meiner Seele war. Die Botschaft war in keiner Weise fremd, sondern vertraut, jedoch bisher nicht in mein volles Bewusstsein gedrungen. Nun war ich absolut präsent und mir meines Schöpfer-Seins bewusst geworden. Nun wusste ich, wie sich Glückseligkeit anfühlte.
Der Geistheiler sagte mir, dass dies ein Neubeginn sei. Ich bräuchte niemanden mehr, der mir sagt wo es langgeht. Das sei auch der Grund, warum meine Ausbildung in geistigen Heilweisen endete. Ich solle in mich hineingehen und mich noch besser kennenlernen und den Kontakt zu mir noch weiter aufbauen. Die Existenz als Mensch würde schon noch ein paar kleinere Herausforderungen bereithalten, die es zu meistern galt. Egal was ich erleben würde, meiner Intuition könne ich uneingeschränkt vertrauen.
Der Geistheiler wurde Zeuge, eines energetischen Phänomens. Mein Körper war umhüllt von einer Licht-Spindel, die an den Füßen und am Kopf jeweils eine Lichtkugel hatte. Diese löste sich dann auf und die beiden Lichtkugeln kamen in meinem Uterus zusammen und setzten eine immense Energie frei.

Diese Energie spürte ich während der Behandlung auch körperlich, denn ich empfand große Ekstase. Wäre meine Blase nicht so voll gewesen, wäre ich am Ende gern ewig in dieser Seligkeit liegen geblieben.
Der Diamant in meinem Uterus würde sich nun entfalten. Es sei eine uralte Schöpferkraft, eine immense Mutterliebe. Meine Seele sagte dazu: „Es ist eine uralte Form und Kraft, die wir uns erarbeitet und gelebt hatten. Ein Leben lange bevor es die Menschheit gab. Wir waren in der höchsten Dimension vereint mit der allumfassenden Liebe im Schöpferprozess des irdischen Seins. Wir waren Göttinnen und Schöpferinnen. Haben mit tiefster Liebe Geschöpfe belebt und ins Leben getragen. Diese Kraft soll nun in diesen Körper eingehen und strahlen dürfen. Das war vor Äonen vorbereitet und ist das letzte Geschenk und soll jetzt aktiv werden."
Am Ende rutschte meine Seele in den Kopf mit der Zirbeldrüse in der Mitte. Der Geistheiler witzelte, dass ich ab jetzt einen Heiligenschein auf meine Fotos malen könne. Dieses Phänomen, so sagte er, hätte er bisher nur sehr selten gesehen und es geschehe nur, wenn ein Mensch sehr viel an sich gearbeitet hätte. Die gesamte Erfahrung dieser Behandlung, die körperlichen Empfindungen und das, was ich danach fühlte, ließen für mich keinen Zweifel offen, dass es real war und ist. Ich schwebte und bestand nur noch aus Energie. Das pulsierende Strömen aus meiner Körpermitte heraus hielt viele Wochen danach noch an
Ich hatte Mühe, wieder voll in die dichte, materielle Welt zurückzukehren. Die Dreidimensionalität, in der unsere Welt noch verankert ist, fühlte sich hart an, was mir richtig weh tat.

Eigentlich sorgte mein Umfeld mit den teils unbewussten Menschen dafür. Der Kontakt zu Menschen und deren unerlöste Schatten erinnerte mich daran, dass es noch viel zu tun gab auf der Erde. Schließlich war ich nicht nur zum Vergnügen hier, sondern hatte eine Aufgabe. Zu gern wäre ich in der Glückseligkeit geblieben. Jeder der schon mal süchtig nach einer Substanz oder einem Zustand war, kann das sicherlich verstehen. Ich wurde daran erinnert, dass ich und mit mir unzählige alte Seelen sich vorher freiwillig entschieden hat-

ten, nun hier bei der großen Evolution auf Erden mitzuwirken. Diese wurde kurz darauf in 2020 initiiert.
Ich schreibe meine Geschichte also auch für dich, um dich daran zu erinnern, dass du wahrscheinlich auch dazu gehörst. Sonst würdest du möglicherweise nicht offen sein für meine Botschaft. Wir haben uns lange auf diese Zeit vorbereitet, wahrscheinlich in vielen Leben und ganz besonders in diesem Leben bis zum gegenwärtigen Zeitpunkt.
Ich will dir zeigen, dass selbst ein Leben, dass in Unbewusstheit und Verzweiflung beginnt und davon geprägt ist, eine Wendung nehmen kann. Ich war schon als Kind davon überzeugt, dass ich im Krankenhaus vertauscht worden sein muss, weil ich mich nicht willkommen und Zuhause fühlte. Vor allem fühlte ich mich unverstanden und alleingelassen. Trotz widrigster Umstände und Ereignisse habe ich immer weitergesucht. Die Herausforderungen haben mich zu Boden gezwungen aber auch angespornt. Mein ausgeprägter Gerechtigkeitssinn hat mich dazu veranlasst, die Welt zu einem schöneren Ort machen zu wollen. An den Herausforderungen bin ich sicherlich sogar gewachsen, mehr als wenn alles gradlinig abgelaufen wäre. Daraus erwächst für mich die Erkenntnis, dass wir uns unsere Lernaufgaben selbst auferlegen, um die Mechanismen der Dualität zu verstehen.
Hier und heute weiß ich, dass Hingabe an das und Akzeptanz dessen, was sich in jedem einzelnen Moment neu vor meinem Auge offenbart, der wahrhaftige Weg ist. Die Menschheit hat sich die Realität, die sich nun offenbart, genauso geschaffen. Ich vertraue darauf, dass es Teil des großen Plans ist, dass wir erkennen, dass wir diese kollektive Realität genauso wie die unseres individuellen Lebens selbst geschaffen haben. Es gibt keinen weißbärtigen Mann auf der Wolke, der es für uns erledigt. Wir alle sind Schöpfer mit göttlichem Funken in uns. Gott hat uns nach seinem Ebenbild erschaffen. Diese Worte aus der Bibel bedeuten für mich, dass wir dem göttlichen höchsten Bewusstsein entstammen und auf die Erde kommen, um Erfahrungen als Mensch zu machen. Das menschliche Leben ist nur deshalb so herausfordernd, weil wir durch den Schleier des Vergessens uns unserer göttlichen Essenz nicht mehr bewusst sind.

Nun will ich dich daran erinnern, so dass du diese Wahrheit in deinem Herzen fühlen mögest. Denn nun kommt die Zeit des Erwachens. Du musst aufwachen, um dir deiner Kraft bewusst zu werden. Du wirst gebraucht in 2020 und auch in den folgenden Jahren. Erinnerst du dich, dass ich immer wieder einen Traum hatte, in welchem mich eine Wesenheit gebeten hatte, aufzuwachen? Das fällt mir genau in diesem Moment erst wieder ein und berührt mich zutiefst. Also bitte ich dich, wenn dich das nächste Mal jemand wecken möchte, nicht gleich in Widerstand zu gehen, sondern innezuhalten und zuerst einmal dein Herz zu fragen, ob er dich für deine größere Version, deine größere Wahrheit aufwecken möchte. Lass uns bitte nicht aufhören, uns alle immer wieder gegenseitig aufzuwecken, bis wir alle im Paradies auf Erden erwachen.

In gewisser Weise hat mich auch Tobias aufgeweckt. Durch ihn bin ich ein großes Stück weiter in meine Kraft gekommen. Er hat mein Potenzial hervorgelockt. Ich hätte nie für möglich gehalten, das ich in der Lage sein würde, Seminare zu halten. Ich hielt mich für zu introvertiert. In Gruppensituationen schlug mein Herz anfangs immer bis zum Hals bis ich dran war zu sprechen. Ich lernte in den Situationen immer mehr, darauf zu vertrauen, dass ich mich auf meine Intuition absolut verlassen kann und darauf vertrauen kann, dass ich das Richtige sagen kann, wenn ich dran bin. Irgendwann erkannte ich auch, dass nicht ich es war, die da sprach, sondern das große Ganz, die allumfassende Wahrheit, durch mich sprach. Solange ich mich nicht einmischte, besser gesagt mein Ego still blieb, wurde das Richtige gesagt, was auch der Gruppe dienlich war oder zumindest für einem anderen Anwesenden hilfreich sein konnte.
Ein weiterer Aspekt meiner eigenen Entwicklung besteht darin, dass ich meine Fähigkeit Seminare zu leiten immer weiter ausbauen konnte. Zuerst organisierten Tobias und ich einige mehrtägige Silvester- und Meditations-Retreats. Seit wir in der Blauen Mühle unseren eigenen Seminarraum haben, biete ich Voice Trainings, Charisma Trainings und andere Seminare für Spiritualität und Persönlichkeitsentwicklung an. In diese Arbeit floss die Qualität von Angebundensein immer mehr hinein. Zwar hatte ich einige Methoden und Kon-

zepte zur Hand, jedoch erschloss sich mir das individuelle Arbeiten mit Menschen und deren Themen immer in dem Moment, wo sich das Thema offenbarte. Dann habe ich immer eine Eingebung, was zu tun ist, was bisher sehr gut funktioniert. Wenn ich mit Menschen arbeite, die ich schon etwas kenne, bekomme ich am Tag vor dem Seminar sogar Eingebungen, was ich mit diesen Teilnehmern im Einzelnen machen kann. Es ist fantastisch, was da passiert und das macht mich mehr als glücklich.

Meine Intuition sagt mir, dass die neue Zeitqualität dazu führen wird, dass viele Menschen ihrer natürlichen Gabe, auf die innere Stimme zu hören, vertrauen lernen. Das was sich in 2020 im Außen zeigt, fordert uns nämlich dazu auf. Viele spüren intuitiv, dass etwas mit dem, was uns vorgegaukelt wird, nicht stimmen kann. Da in unserer Kultur das Belegen mit Zahlen, Daten und Fakten fest verankert ist, werden die Zweifler zunächst von denen, die glauben, die Realität zu kennen, angegangen. Die Frage ist hierbei, welchen Informationen man glaubt. Entscheidend ist, dass man seinen gesunden Menschenverstand mit einbezieht und das heißt: seine Intuition.

12.

2020

Als wir die Jahreswende in der marrokanischen Wüste verbrachten, wusste ich, dass dies ein besonderes Jahr werden würde. Die Stille der Wüste hatte etwas mit mir gemacht, dass ich kaum in Worte fassen kann. Ich konnte Anhaftung und Angst loslassen und tief ankommen im ICH BIN und ALLES IST.

Zunächst dachte ich, es würde **mein** Jahr werden. Im neunundvierzigsten Jahr beginnt ja nach dem Siebener-Rhythmus eine neue Lebensphase. Aber dass es der Beginn eines kollektiven Evolutions-Quantensprungs sein würde, ahnte ich erst im März. Als rebellischer Geist war mein erster Impuls, bei den staatlichen Einschränkungen nicht mitzumachen. So wollte ich Seminare, die für die Zeit angesetzt waren, zunächst nicht absagen und musste begreifen lernen, dass Menschen in meiner Umgebung Angst hatten vor Bestrafung oder sogar vor dem Virus selbst. Das war zuwider meiner Intuition, die mir immer wieder deutlich machte, dass die sogenannte Krise inszeniert und gesteuert war. Ich bin zutiefst überzeugt, dass der Mensch dafür gemacht ist, Krankheiten zu überstehen und dass, sollte der Körper krank werden oder sogar sterben, dies von der Seele vorher festgelegt worden war. Von Anfang an erschloss sich mir die Logik nicht, dass alle Menschen unsagbar leiden sollten, um vielleicht ein paar Menschen zu retten, die ansonsten sowieso gestorben wären. Ich bin mir ganz sicher, dass die verstorbenen Seelen gern ihren Körper verlassen hätten, ohne dass andere deswegen hätten leiden müssen. Auch wenn der Mensch sich dieser Tatsache nicht bewusst ist, so weiß seine Seele alles. Sobald die Schwelle ins seelische Bewusstsein überschritten ist, wird die Seele es wissen, mit welchem Bewusstsein sie den letzten Körper verlassen hat.

Bereits in der zweiten Hälfte des Vorjahres änderte sich mein Verhalten in Bezug auf soziale Interaktion. Ich, die früher keine Party und Gelegenheit, Freunde zu treffen ausgelassen hatte, musste mehrere private Gruppen-Veranstaltungen vorzeitig verlassen. Der Grund war, dass ich mich einfach ab einem gewissen Zeitpunkt nicht mehr wohlfühlte in der jeweiligen Situation. In einer Gruppe geht oftmals die Aufmerksamkeit für das Echte verloren. Wenn die Beteiligten noch große Anhaftung an ihr Ego haben, wird auf einer intellektuellen Ebene diskutiert und jeder will den anderen von seiner Wahrheit überzeugen. Diese eine Wahrheit gibt es nun einmal nicht und an dem Punkt kann es dann anstrengend werden. Ich fühlte mich mit meinem Bedürfnis nach persönlichem Austausch eher in einer Zweierkonstellation wohl. Mein Bedürfnis nach sozialem Kontakt reduzierte sich immer mehr. Ich war so glücklich mit mir selbst wie noch nie im Leben. Das ist deswegen bemerkenswert, weil ich den Großteil meines Lebens bis dahin nicht gut allein sein konnte. Ich lernte also das Alleinsein lieben.

Für mich war die Entschleunigung und die erzwungene berufliche Auszeit ein Segen. Ich hatte keine Ausrede mehr, nach innen zu gehen, zu meditieren, die Natur zu genießen und vor allem, dieses Buch zu schreiben. Ich fühlte mich so klar und stark wie lange nicht. Überhaupt fühlte ich so intensiv wie selten zuvor. Die Tränen, die ich vergoss, waren dem Schmerz über das menschliche Versagen gewidmet. Ich fühlte den Schmerz von Mutter Erde. Ich war wütend über den Egoismus einiger Menschen in meiner Umgebung, die nur an ihr persönliches Drama dachten. Irgendwann lernte ich, all das los zu lassen. Ich merkte, dass ich eine stille Beobachterin all dieser Gefühle und Projektionen sein konnte. Der Kampf, den ich im außen kämpfte, spiegelte meinen inneren Kampf wieder. Ich erkannte, dass ich nichts und niemanden verurteilen durfte, um Frieden zu schließen mit mir und mit der Welt.

Es passierten so merkwürdige Dinge, dass ich oft nicht mehr glaubte, dass dies die Realität sein konnte. Manchmal ertappte ich mich bei dem Gedanken, mir zu wünschen, jemand würde mich zwicken und ich würde aus dem surrealen Traum erwachen. Zuerst wurde Tobias Facebook Konto ohne plausible Begründung gesperrt, nachdem er einen kritischen Post veröffentlicht hatte. Er hatte darin über 2500 primär beruflich genutzte Kontakte. Dann wurde wenig später auf mysteriöse Weise dieses Buch hier von meinem Computer gelöscht, nachdem mein PC sich einfach mal eben von selbst neugestartet hatte.

Bis zum Moment der Freigabe zum Druck wurde mein Text immer wieder von außen gelöscht oder manipuliert, sobald ich online war. Kein PC-Fachmann wusste eine Erklärung dafür. Wenn Tobias es nicht mit eigenen Auen gesehen hätte, hätte er mich für verrückt erklärt.

Gleichzeitig passierten so wundervolle Dinge. Auf allen Spaziergängen durch die Gegend um die Mühle herum trafen wir ausnahmslos freundliche Menschen, die man vorher ja nie sah, weil alle wohl nie so viel spazieren gegangen sind wie in der Auszeit. Die Natur erholte sich, Tiere wurden erstmalig an bestimmten Orten oder Küsten gesichtet und ich sah und hörte das erste Mal in meinem Leben bewusst Vögel, die ich noch nie mit eigenen Augen gesehen hatte. Endlich wusste ich, dass das Lied der Amsel mein Lieblingslied war. Vorher hörte ich es nur, ohne zu wissen, dass es von ihr stammte. Nun setzten sich Amseln direkt über mich auf einen Ast und begannen zu singen. Diese Momente wurden plötzlich unermesslich wertvoll, weil ich Ihnen mehr Aufmerksamkeit schenkte. Es gab kaum noch Fluglärm, was mein gestresstes Nervensystem ungemein beruhigte. Es wurden Projekte aus dem Boden gestampft und Menschen unterstützten sich viel mehr als sonst. Wunderbare Lied-Projekte entstanden und letztlich am 4.4.2020 auch meine Facebook-Gruppe „Aufgewacht – wir gestalten JETZT Zukunft.

Wahrheit und Täuschung kamen ans Licht. Auch bei den Menschen, die ich kannte. Sämtliche Freunde meldeten sich gar nicht erst bei mir in der ganzen Zeit. Eine Freundin ersuchte immerhin in ihrer Verzweiflung meine Hilfe. Ich versuchte, sie von Ihren Symptomen zu befreien, was auch kurzfristig gelang, und kurz danach entwickelte sie neue Symptome. Ich wurde daran erinnert, dass die Ursache für körperliche Symptome die geistige Ausrichtung ist – und an der wollte meine Freundin nichts ändern.

Ich fragte mich ernsthaft, was ich denn eigentlich für Freunde hätte? Waren sie wirklich auf meiner Wellenlänge oder einfach Trittbrettfahrer, die sich etwas bei mir abholten, wenn sie es brauchten? Ich hatte ja schon seit Jahren den großen Wunsch, Gleichgesinnte zu finden. Plötzlich kamen Menschen auf mich zu, die meinen Podcast hörten und denen meine Worte sehr viel bedeuteten. Ich hatte Seelengefährten gefunden, von denen ich vorher gar nichts geahnt hatte. Das ermutigte mich, weiterhin für die Menschen da zu sein. Es hielt meinen Glauben an die Menschheit an sich am Leben, den ich manchmal verloren zu haben schien.

Es kristallisierte sich heraus, wer gesunden Menschenverstand, also Herz-Intelligenz besaß und das größere ganze verstehen konnte und wer auf der anderen Seite sich täuschen ließ und sich Angst einjagen ließ. Die Dualität und die Polarität wurden auf diese Weise wie in einem Theaterstück abgebildet. Die Science Fiction und Phantasy Filme hatten uns schon lange vorher vor Augen geführt, wo es mit uns hingehen kann, wenn wir nicht aufpassen. Tobias hat die Serie „Startrek-Next Generation" für sich wiederentdeckt, wo vieles was gerade passiert verarbeitet ist. Star Wars, Herr der Ringe und ähnliche Filme führen uns zum Verständnis über die Mechanismen von Gut und Böse. In dem legendären „Die Matrix" sehen wir verschiedene Realitätsebenen und den Kampf der künstlichen Intelligenz gegen die Menschlichkeit. Apropos künstliche Intelligenz - das ist doch eindeutig ein Paradoxon. Eine Maschine kann niemals wirklich intelligent sein, sondern nur gut programmiert. Dass unsere Finanzmärkte und Warenmärkte von Rechnern verwaltet werden, ist wahnwitzig und muss früher oder später zum Kollaps führen.
Dass etwas in der Welt nicht in Ordnung ist, wussten viele von uns bereits vor der Krise. Auch wenn wir die konkreten Missstände und Systemfehler nicht wahrgenommen haben, so fühlten wir zumindest, das etwas nicht stimmte. Die Krise können wir nun als Chance begreifen, umzudenken, neu zu strukturieren.
Als Schöpfer der neuen Welt können wir nun neue Gedankenfelder erschaffen und dadurch eine neue Wirklichkeit. Ein neues Bewusstsein erschafft neue Systeme, die auf Achtsamkeit und Liebe basieren.

Ein neues Werte- und Wirtschaftssystem mit nachhaltiger Wertschöpfung und intelligenten Währungssystemen, die auf dem tatsächlichen Wert einer Sache oder eines Dienstes basieren. Ein Bildungssystem, dass soziale Intelligenz und Bewusstseinsarbeit berücksichtigt, und dass junge Menschen auf das echte Leben vorbereitet. Ein Gesundheitssystem, was auf Gesunderhaltung und Selbstverantwortung basiert und nicht auf der Geldgier der Pharmaindustrie.
Falls du nun denkst, dass diese Vorschläge zu idealistisch klingen, mag ich dich daran erinnern, dass jede große Neuentdeckung, Veränderung und Innovation der Menschheitsgeschichte zuerst von einer gewissen Anzahl an Menschen erdacht wurde, bevor sie ihren Weg in die Wirklichkeit fand. Also lass uns Schöpfer dieser Wirklichkeit sein! Es gibt so viele von uns! Wir müssen uns nur zusammenschließen.

In den Frühlingsmonaten lernte ich, dass ich mich zwar absolut auf meine Intuition verlassen kann, dass meine Erkenntnisse von Wirklichkeit nicht von allen Menschen meiner Umgebung geteilt wurden. Das was mir selbstverständlich und natürlich erschien, befand sich für manch anderen außerhalb seiner Wahrnehmungsbildfläche. Ich gewöhnte mir ab, Menschen von meiner Erkenntnis überzeugen zu wollen. Mein Sendungswille beruhigte sich. Ich erkannte, dass die Realität eines Menschen aus seinen Überzeugungen und Glaubenssätzen besteht und dass er diese nur durch seine offene Wahrnehmung überhaupt ändern kann. Bei manchen Menschen besteht diese Offenheit jedoch nicht und sie halten an dem fest, was sie für wahr halten, da dies ihre einzige Sicherheit darstellt.
Meine Grundeinstellung war immer schon dergestalt, dass ich bevor ich mich an eine Regel halte, erst einmal überprüfe, ob sie für mich Sinn macht. Deshalb konnte ich nie als Angestellte arbeiten. Ich habe stets Ärger mit unechten Autoritäten gehabt. Wenn es unlogische Regeln gab, habe ich nach einem Weg gesucht, sie zu umgehen. Genauso war es in dieser Zeit auch. Ich habe in der Zeit von Social Distancing alle Freunde zu uns nach Hause eingeladen, die sich trauten und vor allem echten Körperkontakt dringend benötigten. Wir sind mit einem Attest, der von der Maulkorb-Pflicht befreit, einkaufen

gegangen und immer ohne ihn durchgekommen. Am Anfang habe ich mich immer von meinem starken Bedürfnis nach authentischer Kommunikation leiten lassen und dadurch Menschen vor den Kopf gestoßen, in deren Horizont meine Denkansätze einfach keine Andockstelle fanden. Irgendwann ließ ich das los und ließ die Menschen einfach in ihrem Denkmuster bleiben. Ich begann, dem großen Ganzen zu vertrauen, das aus universellen Gesetzmäßigkeiten besteht und dessen Grundlage die Liebe ist. Das Leben selbst. Ich verstand, dass ich zwar andere unterstützen kann, die das wünschen, dass ich jedoch vorrangig mich um meine Evolution zu kümmern hatte, um etwas zu bewirken.
Diese Geschichte hier ist mein Erkenntnisprozess, durch den ich heile. Die Heilung im Innen führt zur Heilung im Außen.

Jeder ist nun wichtig und jeder hat nun die Chance, seine Aufgabe zu erfüllen. Es geht um Selbstwirksamkeit. Das hat viele Facetten. Manch einer ist dafür gemacht, Ruhe und Frieden in die Welt hinein zu strahlen, ein anderer hat eine aktivere Rolle und engagiert sich politisch und der nächste hilft vielleicht bei der Entwicklung einer Technologie für mehr Nachhaltigkeit.

In einem Buch über Seelenverträge habe ich gelesen, dass die geistige Welt jeden von uns beim Namen nennen kann. Unsere zur Seite gestellten Begleiter sind zur Stelle, wenn wir sie darum bitten. Eine weitere Botschaft, mit der ich ebenso tief in Resonanz gehe ist, dass die geistige Welt ausnahmsweise und erstmalig intervenieren würde, wenn es sein müsste. Wir sollten allerdings versuchen, das Ding nicht vor die Wand zu fahren, sondern zu erwachen. Zwar beruhigt es mich, dass sie uns im Notfall helfen, doch bin ich mir meiner Verantwortung bewusst und will es nicht vermasseln. Im Rahmen unserer Möglichkeiten können wir das Paradies erschaffen. Irgendetwas in mir will sich nicht damit zufriedengeben, es vielleicht im nächsten oder übernächsten Leben zu erleben. Ich will es JETZT!

ॐ ॐ ॐ
स्वः भुवः भूर् ॐ
सवितुर्वरेण्यं तत्
धीमहि देवस्य भर्गो
प्रचोदयात् नः यो धियो
स्वः भुवः भूर् ॐ ॐ
सवितुर्वरेण्यं तत्
धीमहि देवस्य भर्गो
प्रचोदयात् नः यो धियो
स्वः भुवः भूर् ॐ ॐ
सवितुर्वरेण्यं तत्
धीमहि देवस्य भर्गो
प्रचोदयात् नः यो धियो
स्वः भुवः भूर् ॐ
सवितुर्वरेण्यं तत्
धीमहि देवस्य भर्गो
प्रचोदयात् नः यो धियो
स्वः भुवः भूर् ॐ
सवितुर्वरेण्यं तत्
धीमहि देवस्य भर्गो
प्रचोदयात् नः यो धियो
स्वः भुवः भूर् ॐ
सवितुर्वरेण्यं तत्
धीमहि देवस्य भर्गो
प्रचोदयात् नः यो धियो
स्वः भुवः भूर् ॐ
सवितुर्वरेण्यं तत्
धीमहि देवस्य भर्गो
प्रचोदयात् नः यो धियो
स्वः भुवः भूर् ॐ
सवितुर्वरेण्यं तत्
धीमहि देवस्य भर्गो
प्रचोदयात् नः यो धियो
स्वः भुवः भूर् ॐ
सवितुर्वरेण्यं तत्
धीमहि देवस्य भर्गो
प्रचोदयात् नः यो धियो
स्वः भुवः भूर् ॐ
सवितुर्वरेण्यं तत्
धीमहि देवस्य भर्गो
प्रचोदयात् नः यो धियो
भुवः भूर् ॐ...

## Gayatri Mantra

**OM BHUR BHUVAH SWAH**
**TAT SAVITUR VARENYAM**
**BHARGO DEVASYA DHIMAHI**
**DHIYO YO NAH PRACHODAYAT**

*Aus der Einheit, dem Ursprung allen Seins manifestieren sich die drei Ebenen der Existenz deren alldurchdringende strahlende Essenz wir verehren, möge dieses Licht unseren Geist erleuchten und unsere Meditation zur Wahrheit führen!*

Das allabendliche Singen mit Miten und Deva Premal war mein Gottesdienst. Sie hatten sich seit März live aus Costa Rica über Facebook mit tausenden von Menschen zum Singen verabredet. Jeden Abend um zehn Uhr wurde das Gayatri Mantra gesungen. Es wob einen lichtvollen Segen um den gesamten Globus. Ich fühlte mich beim Anblick der beiden und Mitens wunderbaren Geschichten über seine Ashram Zeit in die neunziger Jahre zurückversetzt. Damals spielten die beiden an vielen Abenden in der Buddha Halle live Musik und ich traf sie manchmal mit ihrem Bollerwagen, in dem sie Instrumente von einem zum anderen Gebäude im Ashram transportierten. Die Chant-Abende waren damals ein Segen und sind es heute gleichsam. So schließt sich der Kreis meiner Zwanziger zum heutigen Tag. Ich fühle mich reich beschenkt durch meine Lebensreise. Welch einen wundervollen Erfahrungsschatz meine alte Seele in diesem Leben kreiert. Mir wurde bewusst, dass alle übergeordneten, spirituellen Erfahrungen die größte Kraft in mir bildeten. Alle Entscheidungen, die daraus resultieren, tragen zu meiner Evolution bei. Es gibt also kein Zurück mehr. Diese Evolution ist in Gang gesetzt und nicht aufzuhalten. Sie ist in das große Ganze eingewoben und strahlt in Ewigkeit weiter.

Ich möchte dich daran erinnern, dass in jedem Menschen, also auch in dir und deinem größten Feind, sei er auch noch so verbittert der Wunsch nach Liebe verankert ist. Die wahre Kraft der Liebe haben wir immer wieder erlebt und wissen um ihre Macht. Wenn wir uns jetzt auf die Frequenz der allumfassenden Liebe einstimmen, wenn wir das zu unserem täglichen Ritual machen, erschaffen wir eine neue Welt. In dieser Welt wird es natürlicherweise Frieden, Freiheit und Liebe geben, weil wir auf natürliche Weise in einer höheren Schwingungsfrequenz aufgewacht sind. Sei dir sicher, dass es zurzeit viel mehr Menschen auf dem Planeten gibt die aufwachen, als du dir das vorstellen konntest. Wir haben uns doch alle schon so lange darauf vorbereitet. Wir wollten unbedingt dabei sein. Sonst wären wir nun nicht im Körper live dabei.

Ich verstehe zwar nichts von Zahlen, aber die Quersumme von 2020 ist doch vier. Dieses Jahr könnte demnach der Übergang der vierten Dimension sein. Eine Brücke von der dritten in die fünfte Dimension dürfte wohl die vierte Dimension sein. In der vierten Dimension „leben“ die Geister verstorbener Menschen und die Emotionalkörper der Menschen. Deshalb kommen derzeit immens viele Emotionen an die Oberfläche. Als Konsequenz steht der Menschheit ein Evolutionssprung bevor, den die Welt noch nicht erlebt hat. Die Physik würde es wohl als grandiosen Quantensprung bezeichnen. Es wird so viel Energie frei, dass wir über uns hinaus wachsen. Es wird so viel Gutes in Gang gesetzt, dass wir uns wundern werden, wie wenig wir vorher gefühlt und gelebt haben.
Da die Quersumme von 2021 fünf ist, könnte ich mir vorstellen, dass ab nächstem Jahr die fünfte Dimension für viele Menschen lebbar ist. Das bedeutet, dass Menschen in Liebe leben können und mit ihnen auch Tiere wie Wale und Delfine.
Ich bin zwar keine Hellseherin, aber ich lebe fortan so, als würde das alles genauso passieren. Selbst wenn ein paar Menschen noch nicht in der fünften Dimension aufwachen würden, würden wir uns aus den verschiedenen Dimensionen gegenseitig doch gar nicht stören. Eine Realität ist für denjenigen, der nicht an sie glaubt, unsichtbar, genauso wie die Ureinwohner Amerikas die ankommenden Schiffe der Eroberer gar nicht wahrgenommen haben, weil es so etwas in ihrem Weltbild nicht gab. Im Paradies zu leben fühlt sich traumhaft schön an. Fühlst du es auch schon?

Nun weiß ich, was das Lied der Amsel bedeutet. Kate Buch hat es in ihrem Lied “Sunset” unvergleichlich schön zum Ausdruck gebracht. Mein Buch wird also zum Sommer 2020 in die Welt gebracht ॐ

Who knows who wrote that song of Summer
That blackbirds sing at dusk
This is a song of color

# Danksagung

ॐ ich danke dir für deine Aufmerksamkeit

ॐ ich danke allen unsichtbaren Wesen, die mich allzeit begleiten

ॐ ich danke allen Menschen und Tieren, die mir begegnen
besonders dem schönsten Geschöpf der Welt, unserer Katze Lilith

ॐ ich danke der Schöpfung für diese wundervolle Welt

*Der Name wurde aus Gründen der Privatsphäre geändert.

# Bücher, die mich inspirieren:

Archetypen der Seele, Varda Hasselmann u. Frank Schmolke
Avalon, Kathy Jones
Boten des neuen Morgens - Plejaden, Barbara Marciniak
Der Alchemist, Paulo Coelho
Der Weg der Kaiserin, Christine Li
Die Einweihung, Elisabeth Haich
Die Katze des Dalai Lama, David Michie
Die Lebensprinzipien, Dr. Rüdiger Dahlke
Die Lichtfamilie, Barbara Marciniak
Die Prophezeiungen von Celestine, James Redfield
Die vierzig Geheimnisse der Liebe, Elif Shafak
Die Wolfsfrau, Clarissa Pinkola Estés
Die Seele will frei sein, Michael A. Singer
Fierce Innocence, Paula Horan
Frauenkörper Frauenweisheit, Christiane Northrup
Gespräche mit Seth, Jane Roberts
Kraftort Natur, Jennie Appel & Dirk Grosser
Kryon, Lee Carroll
Leben im Jetzt, Eckhart Tolle
Rückkehr zur Liebe, Marianne Williamson
Seelen auf Safari, Seán Ólaoire
Seelengevögelt, Veit Lindau
Seelenverträge - Absprachen in Liebe, Leila Eleisa Aiach
Tantra - Eintauchen in die absolute Liebe, Daniel Odier
The Enlightened Sex Manual, David Deida
Wenn der Himmel die Erde berührt - Eugen Drewermann
Zeit für Liebe, Diana Richardson
Zerbrochen und doch ganz, Saki Santorelli

Nun warte ich geduldig auf dein Zeichen als Gleichgesinnte/r. Wenn du mit mir in Kontakt treten oder etwas über meine Arbeit erfahren möchtest, vielleicht sogar Unterstützung brauchst…

…. freue ich mich über deinen Besuch auf meiner Website:
www.coaching-pyramide.de

Wenn du dich mit deiner Email-Adresse auf der Website in meinen Newsletter einträgst, kommt jeden Monat ein spannender Podcast zum Hören in dein Haus geflogen.

Dieses Buch ist auch unter gleichem Titel als E-Book erhältlich.

Demnächst gibt es dieses Buch auch als Hörbuch.

Alles Liebe,
Suva

Printed in Poland
by Amazon Fulfillment
Poland Sp. z o.o., Wrocław

58878739R00068